UN VERSÍCULO
5 VIDAS

SHEKINAH LYNNETTE

UN VERSÍCULO
5 VIDAS

© Derechos de edición reservados.

ELAI Editorial

www.elaieditorial.com

presidente@liderazgoelai.org

@LiderazgoELAI

@ELAIEditorial

Edición y corrección de textos:
Militza Escobar de Ochoa

Corrección de estilo editorial:
Conchita Calderón

Dirección de arte, diseño, portada y diagramación:
Rubén Ochoa

2025 por Shekinah Lynnette

ISBN: 9798218655068

Impreso en USA - Printed in USA

ELAI Editorial, no se hace responsable de las opiniones, afirmaciones, datos, imágenes o cualquier otro contenido expresado o incluido por el autor del libro. El autor es el único responsable de su obra y de las consecuencias que pueda derivar de la misma.

ELAI Editorial, solo actúa como intermediario entre el autor y el público, facilitando la edición, diagramación y diseño del libro, sin que ello implique una adhesión o respaldo a su contenido.

Itálicas, subrayados, comillas y negrillas son énfasis del autor. Ninguna porción de este libro podrá ser reproducida, almacenada en ningún sistema de recuperación, o transmitida de cualquier forma o por cualquier medio —mecanismos, fotocopias, grabación u otro—, sin la autorización previa y por escrito del autor.

Categoría:
- Libros › Infantil y Juvenil › Literatura › Ficción › Cristiano › Amistad
- Libros › Religión y Espiritualidad › Cristianismo › Ficción › Romance › Contemporáneo
- Libros › Adolescente y Jóvenes › Amor y Romance › Contemporáneo

LISTA DE REPRODUCCIÓN

«**Querida yo**», *Yami Safdie y Camilo*

«**Hermoso día**», *Ariel Gómez*

«**Enamorados**», *Tercer Cielo*

«**Hiney Matov**», *Duo Esperanza*

«**Eres preciosa**», *Santiago Benavides*

«**Vuelve**», *Jez Barbaczy*

«**Clama**», *Kike Pavón ft. Ulises Eyherabide*

LISTA DE REPRODUCCIÓN

«**Para ti**», *Juan Luis Guerra*

«**Todo tiene su tiempo**», *Alabastro*

«**Gracia sobre gracia**», *Jaime Barceló*

«**Le conté a Dios sobre ti**», *Josías Onoto*

«**No te digo adiós**», *Israel Mercado*

«**Babel**», *Un Corazón*

«**Necesito un encuentro**», *New Wine*

**INGRESA A SPOTIFY
Y ESCANÉA ESTE CÓDIGO.**

DEDICATORIA

Aunque ya no estén en este plano, abuela Lala y abuelita Neri, su negrita y grilla les dedica este libro. ¡Lo logramos! Jesús lo hizo posible...

ÍNDICE

	Prefacio	13
1	Isaías 43:19	16
2	1 Corintios 13:4-7	30
3	Salmos 133:1	38
4	Apocalipsis 3:20	50
5	Salmos 103:2	60
6	Salmos 34:17	74

ÍNDICE

7	Proverbios 18:24	78
8	Eclesiastés 3:1	86
9	2 Corintios 12:9	98
10	Salmos 37:4	106
11	Salmos 46:1	112
12	Filipenses 1:6	118
	Epílogo	125
	Glosario de jergas	127
	Agradecimientos	131
	Acerca del autor	133

PREFACIO

Canción: «Querida yo», *Yami Safdie y Camilo*

Han pasado diez años desde que esta historia se escribió. Las memorias son tan vívidas como si hubieran ocurrido ayer. Tenía apenas doce años y estaba en la escuela intermedia. En ese entonces, compartía habitación con mi hermana mayor, mi modelo a seguir. Ella se apasionaba por la lectura, y yo quería seguir sus pasos, pero sus libros estaban en inglés y trataban temas que no necesariamente llamaban mi atención.

Buscando alternativas, después de leer las maravillosas *Crónicas de Narnia* de C. S. Lewis, me quedé en blanco. Visitaba librerías cristianas y lo único que encontraba, para mi edad, eran devocionales. No es que estuvieran mal, simplemente no era lo que buscaba. Fue entonces cuando decidí escribir mi propia historia de ficción cristiana. El nombre vino a mí durante un culto de oración. No tenía idea de qué iba a tratar, pero como dice el dicho, «me tiré con to' y tenis».

«Ay Luli», pasaba las noches escribiendo en aquella silla colgante que estaba en casa de abuelita Neri. Después de terminarlo, abuela Lala, una autora publicada, prometió editarlo. Sin embargo, con el tiempo, ella se enfermó y falleció. Me enojé con ella, con Dios y con todo. No quería saber nada más de este libro. A pesar de ello, abuelita Neri seguía apoyándome como siempre, llevándome meriendas a las 3 a. m. cuando me trasnochaba en aquella silla, por decidir darle otra oportunidad al manuscrito.

Dicen por ahí que la vida da mil vueltas; no lo duden, abuelita Neri murió poco tiempo después. Ellas eran mis razones, y al trascender, ya no me quedaba nada... solo mi madre, diciéndome que no me rindiera, que sacara el escrito de la gaveta. No le hacía caso, hasta que, después de enfrentar muchos retos emocionales, caí en una crisis existencial. Me di cuenta de que ella tenía razón. Tenía que terminar las cosas que había dejado a medias.

Y aquí estamos... Les dejo con el sueño de Shekinah Lynnette de doce años, una historia juvenil cristiana, llena de papelones, romance, drama y risas, que cuenta la vida de cinco personajes que se entrelazan, no solo por la cotidianidad y la oportunidad de nuevos comienzos, sino también por los desencuentros; un pasado lleno de dolor y errores. Ninguno imaginó que simples decisiones pudieran ser capaces de dar un giro inesperado que lograra impactar a muchos y arrebatar vidas a otros. Sin embargo, solo un versículo pudo ser capaz de cambiar los destinos de cada personaje para siempre, y a ti, lector, acercarte a nuestro Divino Creador.

¡Disfruten!

CAPÍTULO 1

Isaías 43:19

Canción: «Hermoso día», *Ariel Gómez*

Anna

Nuevo día, nueva escuela, nuevo todo… menos yo, ja, ja, ja. Sigo siendo la misma marginada, un conjunto de células en este planeta. Ya sé, ¡que alguien me traiga los violines!, pero es la verdad, en mi cabeza tenían el mando la vergüenza y la ansiedad. ¡Qué papelón! No pasaba nada… Bueno, sí, pasaba, pero había que…

—¡Ya llegamos! —dijo mi madre con entusiasmo, irrumpiendo mis pensamientos.

Yo me limité a asentir, porque de entusiasmo no tenía nada. Me bajé del auto con profundo desánimo. ¡Qué día me esperaba! Por último, me despedí de mi hermano; él iba a superior y yo a intermedia.

Llegué al salón unos minutos antes de que la clase comenzara. Aproveché estos para localizar un lugar para mí. ¡Bingo! Última fila, junto a una ventana, ¿qué más se puede pedir? Por último, comencé a dibujar; de alguna forma tenía que distraer la mente antes de que iniciase esta tortura.

—¡Tienes arte! —dijo un chico de cabellos cortos, negros y lacios; supongo que es por sus rasgos asiáticos, mientras se sentó a mi lado. Sé que lo he visto antes, pero no recuerdo dónde…

«¡TRIN!» Sonó el timbre y, a su vez, llegó el profesor de matemáticas.

—Buenos días, jóvenes, soy el Sr. González y en el día de hoy vamos a realizar una dinámica para conocernos. Por fila, cada uno va a decir su nombre, edad y qué cosas le gusta hacer. ¡Comencemos!

No podía ser que iniciáramos de esa forma. Empecé el conteo, faltan dieciocho para mí… Faltan doce para mí… Faltan siete para mí… La ansiedad iba en aumento; realmente me daba pánico hablar en público.

—Me llamo David, tengo trece años, me gusta dibujar y cantar, entre otras cosas —se presentó el chico que halagó mi dibujo antes. Eso significaba que yo era la próxima, pues él estaba justo a mi lado. ¡Trágame tierra! ¡Trágame tierra! ¡Trágame tierra! A la una, a las dos y a las ¡TRES!

—Mi nombre es A… AA… Anna, tengo trece años y me gustan las artes —me presenté tan rápido que no creo que entendieran tres pepinos. No importa, ese ya no era mi problema porque justo sonó el timbre de salida. De vez en cuando Diosito me tira la toalla. Tomé mis cosas rápidamente y salí de aquel horroroso lugar. De la nada, alguien me volteó por mi antebrazo.

—¡¿Qué rayos te ocurre?! —reclamé con sobresalto; resulta que era David, el chico de la clase.

—Olvidaste esto —explicó mientras me mostraba mi dibujo.

—Ay, papelón. ¿Sabes qué? Te lo regalo, adiós. —Quería cortar la interacción lo más pronto posible y así lo hice. Entonces me fui para mi próxima clase, y la próxima, y la próxima después de esa, hasta terminar el día.

Justo al salir recibí un mensaje de mi hermano diciendo que se iba a quedar hasta tarde por las clínicas de baloncesto, por lo que solo quedamos mis audífonos y yo para esperar a mi madre. Esta no tardó en llegar. Nos dirigimos a la casa.

—Ya llegamos —susurró, o al menos eso escuché—: ¡Anna! Ya llegamos.

Di un brinco del susto.

—¡Mamá! ¿Por qué gritas? Estoy a tu lado —reclamé con desagrado.

—No te grité, solo alcé la voz. Ya llegamos. ¿Piensas quedarte en el auto o vas a bajar? —Mami a veces botaba la bola fuera del parque, pero nada, así la amaba.

—Ya voy —respondí con toda la pesadez del mundo.

David

Después de un tedioso primer día de clases, ¡por fin estoy en mi casa!

—¡Ma', ya llegué! —grité mientras ella bajaba las escaleras.

—¿Cómo te fue? —preguntó curiosa.

—Bien. Nada del otro mundo. Para variar, ya hay tareas. Cambiando de tema, ¿los vecinos nuevos ya llegaron?

—Sí, les estoy haciendo una lasaña para darles la bienvenida —indicó.

—Vale, estaré en mi cuarto.

Ya en mi habitación me senté en la cama; mejor dicho, me tiré sobre esta y, sin darme cuenta, me quedé dormido.

Desperté después de una hora, creo. Ya pronto iban a llegar los vecinos. Mientras me alistaba para esto, empecé a analizar lo que había ocurrido en el día:

1. Saludé a unos amigos.
2. Escuché rumores sobre una niña nueva.
3. Estos explicaban que era mezcla de hermosa con rara.
4. Entré al salón y la vi. Comprobé con mis propios ojos lo que decían.
5. Me senté a su lado y observé que su dibujo era impresionante.
6. Se acabó la clase y muchos se rieron de ella.
7. Se le quedó su dibujo y fui tras ella. Casi, casi, me golpea, pero debo admitir que yo la había agarrado un poco fuerte.
8. Por alguna extraña razón me dejó conservar el arte.
9. No supe qué decir a partir de las demás clases; traté de hablarle, pero no sé qué me pasó. Ella tampoco ayudaba en lo más mínimo; se desaparecía de la nada.
10. Al salir, la contemplé con sus audífonos tarareando una canción.

Resumen: Ella tenía ese algo, ese… qué sé yo, pero era algo que me atraía.

—¡David! —llamó mi madre desde la cocina.

—¡¿Qué?! —le grité; estaba muy vago, y cómodo recostado en la cama, como para bajar las escaleras y preguntarle «¿qué?».

—Como en dos horas vendrán a cenar los vecinos nuevos.

—¡*Ok*! —repliqué sin muchos ánimos. De seguro, los vecinos son una pareja de viejitos. Nada malo con eso, aclaro, solo me gustaría que hubiese gente de mi edad para vacilar.

Anna

«Toc, toc», sonó la puerta de mi habitación.

—¿Se puede? —llamó Isaac, mi hermano.

—Sí, pasa —respondí.

—¿Cómo te fue hoy en la escuela? —preguntó con marcado interés.

—Pues creo que bien. Hablé con alguien, aunque solo fue una conversación muy, muy pequeña, pero algo es algo. Por otra parte, ya están los rumores de la «nueva».

—No les hagas caso, ignóralos. —Me abrazó tratando de animarme.

—Ya me acostumbré, siempre es lo mismo —respondí con resignación.

—Cambiando de tema, mami dice que te duches y te arregles.

—¿Para? —pregunté; no teníamos ni una semana y ya me tenía que estar arreglando.

—Tú solo debes estar lista en media hora.

—¡Agh! *Ok*.

—Pues te dejo, para que te arregles y demás.

—Pero, después me cuentas, ¿cómo te fue hoy?

—Sale y vale —acordó, besó mi frente y se marchó de la habitación.

Después me puse a pensar en lo que había sucedido en la escuela:

1. Llegué al plantel escolar.
2. Todos me miraron, tal vez por la cantidad de colores que llevaba mi ropa.
3. Los rumores de la «nueva» estaban por toda la escuela.
4. Me despedí de mi hermano y fui hacia el salón.
5. Encontré la silla ideal.
6. Comencé a dibujar.
7. Alguien se sentó a mi lado y comentó sobre mi dibujo. ¡Paren el mundo! ¿Acaso vino Cristo? ¡O sea, halagó mi dibujo!
8. Ni siquiera le pude contestar.
9. Hice un bochorno en público, pero total, ser un papelón es mi normalidad.
10. Por poco golpeo a David, porque me asustó. Él tan solo quería darme mi dibujo, pobre. Creo que iba a tener un amigo, pero con la impresión que di, lo dudo mucho.

Durante el transcurso de la jornada escolar, veía que trataba de decirme algo; sin embargo, yo desaparecía, como experta que era haciéndolo. Al final del día lo vi mirándome, pero lo ignoré. Creo que fue debut y despedida de lo que pudo ser una amistad.

En conclusión, hoy fue un día normal y extraño. Aunque mi mundo de por sí es extraño, así que hoy podríamos catalogarlo como «normal».

David

Como relámpago recordé el dibujo de Anna y fui en busca de éste. Tenía el cielo con diferentes tonalidades de azul y el sol con una mariposa. Lo admiré unos momentos, cuando noté que decía algo atrás:

«Libro… Capítulo… Versículo… Siempre conserva este texto en tu corazón».

Vaya, esto sí que me sorprendió. ¿Quién iba a pensar que Anna era cristiana? Busqué el texto y decía… El versículo ciertamente era impactante. Decidí aprenderlo. Luego de eso me puse a pensar cómo era Anna. Recuerdo que dijo que tenía trece años, de piel trigueña, hermoso cabello largo y negro con sus ojos profundamente marrones. Bueno, solo podía saber cómo se veía. No tengo ni papa idea de qué pensar sobre ella; el colmo es que ahora también era creyente.

—¡David! ¡Llegaron los vecinos, ve a abrirles! —escuché decir a mi madre demandando mi presencia.

Con pereza e impulsado por el hambre, bajé al primer piso y la puerta principal para encontrarme con una sorpresa…

—¡¿David?! —exclamó la humana frente a mí, llena de confusión y sorpresa, mismos sentimientos que me abarcaban porque ella era nada más y nada menos que…

—¡¿Anna?!

Así mismo como lo leen. Dios definitivamente tenía sentido del humor.

Anna

Ahora sí que me había vuelto loca; yo podía ser excéntrica, pero loca no era.

—¿Qué haces aquí? —pregunté a David.

—Yo vivo aquí. ¿Qué haces tú aquí? —contestó con actitud.

—Recién me mudé —argumenté.

—Espera, ¿estás diciendo que tú eres la nueva vecina? —preguntó.

—¡Exijo una explicación! —dijimos al unísono.

—¿Tú no le dijiste nada? —preguntó la mamá de David a la mía.

—No, ¿y tú? —replicó mi madre.

—No.

—Ay, Cristo. ¿Qué estaba pasando? —murmuré.

—Bueno, como veo, ya se conocen —contestó mi madre.

—El día que compraron la casa conocí a tu madre y me contó de ti y también de Isaac. Fue entonces, cuando le recomendé la escuela de David.

—Yo la fui a ver y me agradó, así que los matriculé a ambos y pues aquí estamos. —terminó de aclarar, mi madre.

—O sea, somos vecinos —comprendí la situación.

—Sip —contestó David con una sonrisa traviesa.

—Aclarado el asunto, ahora vamos a comer, que la tripita suena —dijo la Sra. Martínez, mamá de David.

Y así, comimos una lasaña exquisita. En verdad que la Sra. Martínez cocinaba riquísimo.

Luego de terminar de comer, empezaba lo que yo llamo «el interrogatorio del *FBI*». Justo en ese momento, a través de señas, David me invitó a su cuarto. Al principio no me convencía, mas al ver curso de la conversación de nuestras madres, acepté.

Subí las escaleras y llegué a su habitación. Era bastante grande. Tenía una ventana que daba justo a la de mi habitación, solo que había un árbol entre medio.

—¿Qué tanto miras por la ventana? —me interrogó David.

—¿Qué tanto quieres saber? —quise molestarlo un poco.

—¿Por qué contestas con otra pregunta?

—¿Y tú no acabas de hacer lo mismo?

—Es diferente —respondió determinado.

—¿Por qué es diferente?

—Porque sí.

—«Porque sí» no es una respuesta —continué respondiendo.

—¿Por qué quieres una respuesta si «sí» es una?

Creo que él ya estaba colapsando.

—¿En dónde dice que «sí» es una respuesta? —insistí.

—¿En dónde dice que no lo es?

—¿Por qué no me dices una razón?

—¿Por qué no me dices una respuesta? —Vaya, sí que es persistente.

—Razón.

—Respuesta.

—Razón —reforcé mi posición; no me iba a rendir tan rápido.

—Respuesta.

—Pareces de cinco años —lo provoqué con mi comentario. Parece que encendí las llamas. A los hombres siempre les duele en el ego.

—¿Y tú qué? —respondió algo retador.

—¿Qué insinúas? —me prendí yo también, como que la

cosa se iba poniendo personal.

—¿Qué insinúas tú?

—¿Por qué sigues con las preguntas? —El toma y dame este ya no me gustaba tanto.

—¿Por qué tú sigues con las preguntas?

—¿Por qué no me contestas?

—¿Por qué no paramos?

—No lo sé —dije la verdad, creamos un gran lío de una sola pregunta. Menudo papelón.

—Quizás es porque tú seguías haciendo preguntas.

—Mira quién habla…

—Ahora, ¿qué estás queriendo decir? Habla claro.

—Paramos, ¿sí o no? —El jueguito me tenía harta.

—Sí, creo que es lo mejor.

—¿Tienes lápiz y papel? —Necesitaba distraerme.

—Sí, ¿por?

—Para que me des uno para dibujar, por favor.

—Te lo doy ahora, pero antes te tengo una pregunta…

—Si vamos a empezar con las preguntas otra vez y luego discutir, mejor me voy al interrogatorio del *FBI*.

—¿Interrogatorio del *FBI*? —preguntó confundido.

—¿Sabes qué? Mejor me voy. No sé ni por qué vine.

—¡Anna! —me llamó mientras me agarraba y volteaba por el antebrazo.

—Si haces eso otra vez, te juro que voy a terminar dándote un golpe de verdad —le advertí.

—Entendido. Solo, ¿me puedes dejar hacerte una pregunta

más y ya? Te lo prometo.

—Una, ajá, para que después se convierta en el juego de las diez preguntas —la ironía fluyó como agua en ríos.

—¿Y por qué no lo jugamos? —¡Ay, Luli! Lo que me espera.

David

¿Interrogatorio del *FBI*? ¿Qué rayos le pasaba? Eso no importa, ahora me tenía esperando una respuesta…

—Anna…

—Si acepto, ¿dejarás de molestarme?

—Bueno, eso lo veo difícil ya que somos vecinos y estudiamos en la misma escuela, en el mismo grupo, pero te dejaré en paz por hoy —tenía que ser sincero.

—Pues avanza y di la primera pregunta. —Nadie se resiste a mis encantos. Aunque la convencí con un poco de chantaje, a veces soy un poco egocéntrico, lo admito.

—Primera pregunta: ¿Qué mirabas por la ventana?

—Y sigues con lo mismo, dale con la cantaleta, ¿sabes? Ya tengo todas mis preguntas… ¿Por qué eres tan insistente? ¿Por qué eres tan molesto? ¿Por qué eres tan lindo? ¿Por qué eres tan egocéntrico? ¿Por qué eres tan amable? ¿Por qué te gusta dibujar? ¿Por qué tomaste mi dibujo y no lo dejaste ahí? ¿Por qué eres tan chantajista?

Justo sonó mi teléfono y prendió la pantalla, dejando ver la foto que le había tirado en la escuela cuando estaba escuchando música con sus audífonos.

—Espera, ¿esa soy yo? —me reclamó—: ¿Por qué tienes

una foto mía en tu teléfono? ¿Por qué eres tan, tan, tan, por qué eres tan tú?

—¡MUJER!, toma aire. —Me impresionó cómo pudo soltar todo eso de un solo golpe.

Ella me dio una mirada que no pude descifrar bien; parecía arrepentida, orgullosa, esperando una respuesta, entre otras cosas. Ya no me extraña no poder descifrar algo de ella. Nunca lo lograba; era como una caja de sorpresas. No se terminaba de conocer. También era como un rompecabezas: las piezas no encajaban hasta que le dabas mil vueltas, y para colmo, que son imposibles de conseguir, especialmente esa última…

—Mira, te voy a contestar de la misma forma en que tú hiciste las preguntas; si te importa o no, no lo sé, pero lo diré solo una vez.

—Vale —me contestó, dejando ver que se quería reír de lo que dije anteriormente por la seriedad con la que lo había dicho, y luego no aguantó la risa.

—¡Oye! —reclamé un tanto molesto.

No sé por qué, pero eso la hizo reír aún más. Al principio me enojé. Pero al verla reír, no tuve más opción que unirme a las carcajadas. Ojalá pudiera congelar este momento y vivirlo para siempre.

—Bueno, ya, ahora escucho lo que vas a decir. Y, ya sé, solo lo vas a decir «UNA SOLA VEZ» —se burló.

—Aquí voy… No me rendiré. Hasta que no me digas lo que quiero saber, no te dejaré en paz. Soy lindo porque Dios me hizo así. Egocéntrico porque sé que soy lindo y a veces me gusta presumir. Aunque tengo otro lado y a ese le gusta ayudar a la gente. Por otra parte, las artes me ayudan a expresarme, a distraerme, a ser libre, etc. Respecto a tu dibujo, era muy lindo para desperdiciarlo, además de que o mejor dicho, quería volver a verte. Lo del chantaje yo prefiero llamarlo negociación y, por último, la foto… una belleza como tú tenía que ser capturada. Y ya, ese soy yo.

Respiré, pues había dicho todo eso sin tomar aire. No me pregunten cómo lo hice porque la verdad es que no sé. ¡Anna sí que tenía pulmones!

—Ahora me toca a mí, pero yo no voy a gastar mis preguntas en tu pasión, tu personalidad y si te gusto como tú a mí. Yo las voy a usar para conocerte —finalicé con determinación, mientras mis ojos se encontraban con los suyos por un instante más largo de lo habitual.

—¡Espera, espera, espera! Acabas de decir que ¡¿Te gusto?!
Ups, su sorpresa me dice que acabo de delatarme.

CAPÍTULO 2

1 Corintios 13:4-7

Canción: «Enamorados», *Tercer Cielo*

Anna

Saquen las cámaras escondidas y ya paren con esta broma. Pellízquenme y díganme que es un sueño. No sé, hagan lo que quieran, pero esto no puede ser verdad. ¿David está enamorado de mí? Si eso es verdad, yo me tiro de un rascacielos y salgo sin un rasguño (nótese el sarcasmo). ¿Cómo es posible? Mejor que dejase las cosas en su origen, y que no se metiera con el destino. Lo imposible, que permaneciese que no interrumpiera las leyes de mi mundo. Aunque todavía no me había contestado la pregunta… ¿Le gusto o no? Yo ya había hecho un drama en mi mente y él ni siquiera me había respondido.

—¡Anna! —mi madre llamó, David se «salvó por la campana».

—Adiós, me tengo que ir —me despedí con una sensación agridulce.

—Adiós —susurró con desánimo.

Me fui de la habitación esperando una contestación. Bajé las escaleras y escuché algo de la conversación de los adultos.

—Ahora nuestros hijos están en su etapa de crecimiento y necesitan dirección. Especialmente si se comportan de manera inusual —instó la mamá de David a la mía.

—Sí, tienes mucha razón —confirmó mi madre.

Y ya se acabó la primera fase: el interrogatorio del *FBI*. También terminaron la segunda: hacerse amigas. Y por lo que veo ya empezaron con la tercera: las indirectas…

—Hija, despídete que nos vamos.

—Sí, adiós, Sra. Martínez.

—¿Ya te despediste de David?

—Sí.

—Fue un gran placer estar con ustedes en la tarde de hoy, espero que se repita pronto —agradeció mi madre.

—Yo no, ¡qué papelón! —pensé en voz alta.

—¿Dijiste algo, querida? —preguntó la Sra. Martínez.

—Eh... No, nada... solo que a mí también me gustaría. —Yo nunca terminaba de meter la pata. ¿Alguien puede ser más torpe?

—Las acompaño a la puerta —señaló amablemente nuestra anfitriona.

—De nuevo, muchas gracias por todo —se despidió mi madre.

—Especialmente por la lasaña —agregué.

Llegamos a nuestra casa y mi madre me llamó cuando iba

a subir las escaleras para mi habitación.

—Anna, ven acá un segundo, por favor. —Ahora sí que me metí en un lío. ¿Por qué me había llamado? Con una sonrisa falsa, me giré y traté de actuar lo más normal posible.

—Sí, ma' ¿qué pasó?

—Nada, solo dile a tu hermano que le guardé lasaña en la nevera, para mañana, si la quiere.

Qué alivio, no sé ni por qué, me tenía que preocupar, no había nada que ocultar. Por algún motivo estaba muy nerviosa. ¡Bah! Tal vez, no sé, quizás sea porque de alguna u otra forma creo que David se me declaró. Tal vez yo había entendido las cosas mal, pero ¿y si no?

—Anna, llamando a Anna de Lalalandia —se burló mi madre.

—Ah... Sí yo le aviso —dije, tratando de escapar.

—¿Todo bien, hija? Has estado muy pensativa y callada. Bueno, tú eres así, pero desde que salimos de casa de los Martínez, lo has estado más de lo normal. —Madre, al fin, nota todo.

—Ay, mamá, ¿qué cosas dices? Solo pensaba… en… cómo comerme la lasaña.

¡Bravo, bravo! Mi cerebro trabajó bajo presión, así que no le podía pedir mucho, mas no se le pudo ocurrir otra cosa, nada más que «lasaña».

—Ay, Anna.

Ahora sí que estoy frita.

—Sabes que mamá sabe todo.

Ahora sí que sí, traigan una pala y dénmela; empezaré a cavar mi tumba.

—Por eso traje suficiente para los dos.

Ay, santo, yo por poco me infarto.

—Mami, gracias por eso, te quiero. —Fui y le di un abrazo para completar mi actuación de «no pasa nada».

—Bueno ya, avísale a tu hermano.

—Vale.

Gracias, gracias, gracias y mil gracias, cerebro. Ahora sí, ¡BRAVO, BRAVO! ¡QUE VIVA LA LASAÑA! Me había salvado de una grande. Quizás no, pero yo con mi boca sí la hubiese convertido en una enorme.

David

Después de que Anna se fue, me quedé pensando. ¿De verdad me gustaba Anna? ¿La conocía desde esa mañana y ya me gustaba? Me había vuelto loco. ¿Cómo me puede gustar una persona que apenas sabía quién era? Vuelvo con mi hipótesis, Anna tenía algo, que no sé qué es, pero eso que todavía no decifraba, ¡me atraía!

Yo le había dicho a Anna que me gustaba, indirectamente, pero lo dije. No sé en qué estaba pensando; ahora, sólo sabrá Dios si me hablará de nuevo. Repito, ¿qué chico le dice a una chica que le gusta el primer día que la ve? Había metido la pata. Sí que había sido un poco estúpido, y lo admito. El juego de las diez preguntas, eso sí fue infantil. ¿Por qué lo propuse? Aunque ella lo insinuó, así que, en cierto modo, ella fue quien lo empezó. Sin embargo, yo lo seguí.

Lo peor de todo, además de quedar en vergüenza, fue que

nunca hice mis preguntas. Especialmente una que se me generó allí mismo. ¿Qué rayos miraba por la ventana? Cuando llegó a mi habitación, se había quedado mirándola sin mover un dedo, un cabello, NADA, totalmente modo tieso. ¿Qué había visto en la ventana? ¿Por qué no me quería decir? ¡Lo descubriría sin importar el costo, aunque fuese lo ÚLTIMO QUE HICIÉSE! Ya sé que a veces exagero las cosas, pero lo iba AVERIGUAR! Y sí, también sé que soy el candidato perfecto para un drama *queen (king)*. Me fui del tema; la cosa es que quería saber. ¿Qué era lo que miraba desde la ventana?

Me paré y observé a través de ésta. Lo único que se veía era un árbol gigante. ¿Qué tenía ese árbol? ¿Por qué lo observaba? Anna, me iba a volver loco. ¡Qué rayos! Solo había una forma de saberlo: iría a preguntarle, claro, no hoy; si lo hacía, de seguro me llevaba un tortazo. La verdad, no la conozco bien… Por eso mismo, es «mejor prevenir que tener que lamentar».

Anna

Subí las escaleras y toqué la puerta del cuarto de mi hermano.

—¿Puedo pasar?

—Sí, pasa.

—Mira, ma' dice que te dejó lasaña en la nevera —le indiqué y me senté en su cama.

—¿Lasaña? —preguntó.

—Sí, de la cena de los Martínez.

—¿Martínez? —vuelve a preguntar.

—¿Vas a seguir repitiendo todo lo que digo? Y los Martínez son los vecinos, bobo.

—Gracias por el insulto —dijo sarcásticamente haciéndose el ofendido.

—Bobo —repetí a ver si se dejaba sandeces.

—¿Vas a seguir diciéndome bobo, o vas a contarme cómo te fue?

—Me fue como siempre. Llegamos y hablamos. Luego fui al cuarto del vecino, porque ya estaba empezando el interrogatorio del *FBI*. Cuando bajé de este, escuché a la Sra. Martínez decir: «Nuestros hijos están en la etapa de crecimiento y necesitan dirección». «Especialmente si se comportan de manera inusual». Ya me acostumbré a todo eso.

—¿Desde cuándo vas a los cuartos de los vecinos? Tú ni siquiera hablas con ellos; odiamos estas cenas desde siempre. ¿Recuerdas?

—Pues claro que las odio, solo acepté porque no quería oír el interrogatorio por milésima vez; todos hacen las mismas preguntas.

—Ah, bueno, solo que si quieres tener novio, recuerda que tengo que conocerlo yo primero.

—¿Qué insinúas?

—¡¿Yo?! Nada, fue solo que los vi en el cuarto y creo que le gustas.

—¡¿Nos estabas espiando?!

—No, yo simplemente fui a tu cuarto a dejar algo y los divisé por la ventana.

—¿A dejar algo? Eso no se lo cree ni nuestra bisabuela y mira que ella tiene noventa y cuatro años. ¿Qué buscabas en mi cuarto?

—Ah… Yo...

—¡Isaac!

—¡Anna! —gritó mi madre, qué puntería. Otro más que «se salvaba por la campana»

—Eh, ma' te llama —replicó el graciosito de mi hermano.

—Ya lo sé, no soy sorda. Pero de esta no te escapas; me vas a decir qué hacías en mi cuarto.

—¡Anna! —volvió a llamar mamá.

—Mira, ve a ver qué es lo que necesita y mañana hablamos.

—Mañana sin falta —lo sentencié.

CAPÍTULO 3

Salmos 133:1

Canción: «Hiney Matov», *Duo Esperanza*

Anna

—Anna, levántate —llamó mi hermano desde el marco de la puerta de mi habitación.

No le hice caso y me giré en la cama.

—Anna, levántate, por las buenas; no quieres que te levante por las malas —me advirtió el molestoso.

Igual que anteriormente, no le hice caso y me escondí debajo de las sábanas.

—Voy a contar hasta cinco, última oportunidad. No querrás pagar las consecuencias.

A mí me vale; seguí durmiendo.

—Uno, dos, tres, cuatro... cinco, te lo advertí…

En ese momento entró al cuarto y prendió la luz.

—Apaga la luz —me quejé con pereza.

—Muy tarde —anunció mientras me quitaba las sábanas.

—¡Oh Dios mío! qué miedo —respondí con sarcasmo.

Instantáneamente me arrepentí, pues me tomó como un saco de papas.

—¡Bájame! ¡Isaac! Si no me sueltas, ¡te las vas a ver conmigo!

Como si yo le pudiese hacer algo, ¡bah! A él claramente no le importó y siguió caminando hacia afuera de mi cuarto.

—¡Bájame! ¡Suéltame! —insistí dando golpes en su espalda, pero mis golpes son como hormigas para mi hermano.

Paré un momento al darme cuenta de que me estaba llevando al baño.

—¡Isaac, no te atrevas! —Empecé a golpear más fuerte.

El rió y me dejó en la ducha prendiendo el grifo de agua fría (congelada para mí) para después irse, cerrando la puerta.

—¡Estúpido, te odio! —Obviamente no lo odiaba de verdad, pero en ese instante sí estaba muy enojada con él.

—¡Yo también te amo! —contestó el muy cínico.

Sin más remedio, me quité la ropa de dormir que estaba empapada, gracias a mi hermano, y me bañé. Cuando terminé, fui a mi cuarto a arreglarme.

—Libro… Capítulo… Versículo… «Siempre conserva este versículo en tu corazón» —repetí como todas las mañanas y noches.

Entonces vi por la ventana, y ahí estaba David. Me pregunto: ¿Me habré pasado con él? ¿Habré sido muy dura? No lo sé, yo solo era así. Ahora bien, en el fondo yo era igual a un bebé;

puede que suene raro, pero así funcionaba mi vida.

Prefería ocultarme detrás de mí misma, ser mi propio escondite. El único que me entendía y conocía de verdad era Dios. Con Él podía hablar y Él me escuchaba sin juzgarme; simplemente estaba ahí. Con Él me sentía bien, que podía ser yo, pero ser yo de verdad, no ser la yo que se ocultaba detrás de sí misma.

A veces pensaba: pobre de Él, me tenía que soportar. Mas yo tenía la convicción de que a Él no le importaba y me prestaba atención con amor. Porque esa es otra: Él es el único que me ama de verdad, aunque estaban mi mamá y mi hermano, claro, pero el amor de Dios se comparaba con el de papá y hoy más que nada, necesitaba de esa clase de amor.

Después de mi reflexión, verifiqué que tuviese todo lo necesario para la escuela. Entonces decido llevar mi *set* de dibujo, no todo, pero por lo menos mis lápices de colores; es así como me di cuenta de que me faltaban cosas. Por poco me dio un infarto en ese momento.

¡¿Quién se atrevía a entrar a mi cuarto, mi lugar SAGRADO, y tomar algo de mi *set* de dibujo?! A mí no me hubiese molestado que me lo pidieran, bueno, un poco tal vez. Pero a lo mejor (75% le hubiese dicho que no, 25% le hubiese dicho que sí), si me lo pedía, se los prestaba, aunque bajo mi supervisión, claro, y obviamente con una buena razón. Todo el que me conocía, sabía que amaba las cosas de arte y que nadie las tocaba sin ser supervisado; ellas eran como mi tesoro.

Sólo me venía un nombre a la mente y ese era, redoble de tambores... mi queridísimo hermano Isaac. Esta sí que no se la

dejaba pasar, ya tenía varias razones para vengarme:
1. Me estaba espiando.
2. Entró en mi cuarto.
3. Me levantó. Vale, lo admito, él me lo advirtió y yo no le hice caso. No obstante, ¿quién va a pensar que su hermano le va a hacer algo así?
4. Tomó mis cosas de arte.

Así que envíen oraciones a su favor porque las iba a necesitar.

Con todos estos argumentos en mente, tenía que empezar la venganza contra mi hermano. Y sé lo que piensan: «La venganza es mala, mata el alma y la envenena», pero también hay uno que dice: «La venganza es dulce».

Mi hermano no solo se pasó esta mañana, sino que recordemos que también tomó mis cosas de arte. Así que sí, mi venganza empezaría en ese instante.

Primera fase:

Hice una nota con su número de teléfono, pues todas las chicas de la escuela estaban locas por él y era de esperarse: adolescente de diecisiete años, tez morena, cabellos cortos estilo afro, ojos marrones y de 5'10", con esa pinta todas querían saber su información de contacto, pero él se negaba a compartirla por lo tanto, me pareció perfecto. Una broma no le vendría mal a nadie.

Segunda fase:

Necesitaba ayuda. Son tres grupos de undécimo grado y para poder repartir todos los papeles, requería a alguien más. Lamentablemente, solo conocía a una persona y ese, era David. Tenía que hacer algo para que él aceptara.

Terminé mi desayuno con miradas asesinas para mi hermano y viceversa. No se podía esperar más; cuando bajé, él me vio y dijo con una sonrisa arrogante:

—Estaba buena el agua, ¿no?

Desde ahí solo me dediqué a ver a mi hermano con estas miradas. ¿Qué pasaría cuando recibiera las llamadas? Una sonrisa traviesa apareció en mi cara.

—Anna, sabes que te quiero, ¿verdad? Y lo de más temprano sabes que fue una broma —justificó en respuesta a mi gesto.

—Sí, solo una broma. Una broma no le viene mal a nadie, ¿verdad? —contesté y él se notó un poco nervioso.

—No. ¿Por?

—Nada, solo quería saber si estabas de acuerdo.

—Bueno, chicos, en cinco minutos ya nos vamos —mi madre nos interrumpió y se fue a arreglar. Aproveché y salí de casa en busca de David. Justo cuando salí, lo vi; estaba sentado en los pocos escalones para entrar a la entrada principal de su hogar.

—Es ahora o nunca —susurré para mí misma, di un gran suspiro y me dirigí hacia él.

Isaac

Mi hermana estaba muy rara. Esperaba que no se le estuviera ocurriendo una venganza. Aunque es mejor que fuese en ese momento y que fuera algo bobo por haberla espiado, a que se diera cuenta de que tomé sus cosas de arte. Si ella notaba que algo le faltaba, me mataría.

Anna y yo nos odiamos un día y al otro nos amamos. Somos muy unidos, aunque, como dije, hay momentos en que nos odiamos, pero total, siempre hacemos las paces y terminamos como si nada. Es como un ciclo.

1. Nos llevábamos muy bien.
2. Nos odiábamos.
3. Nos perdonábamos.

Y así se repetía, una y otra vez. Solo esperaba que, si planificaba algo, yo saliese con vida.

—Isaac, ve saliendo que nos vamos —indicó mi madre.

—Vale.

—Y dile a tu hermana.

—Vale —asentí ya saliendo.

—Vayan montándose en el auto. —Esta mujer no me va a dejar salir.

—¡Vale! —Esperé por si acaso y, como me lo imaginé, volvió a decirme algo:

—Acuérdate de llevar meriendas; hoy tienes tu última prueba a ver si entras en el equipo.

—Ya las tengo —dicho esto salí antes de que dijera algo más.

Cuando lo hice, vi a Anna y David hablando. Ella y yo tendríamos que conversar. Usualmente es muy distante, y de la noche a la mañana cambió; definitivamente aquí había un gato encerrado. Aunque de cierta manera me alegraba. Solo esperaba que Anna no tuviese una idea en mente; pobre de él si era así. Cuando Anna se proponía algo, siempre lo lograba. Además, era muy chantajista; siempre terminabas aceptando. Me quedé pensando si de alguna forma el agua fría le hizo algo a esa niña. Se estaba comportando diferente.

Anna

—Aquí está tu paquete, ya están escritas —le indiqué a David mientras le daba un grupo de papelitos con el número de teléfono de mi hermano.

—Y después dices que yo soy chantajista —contestó mientras la tomaba.

—Me tengo que ir antes de que mi hermano se dé cuenta de que estoy aquí.

—Te veo en la escuela.

—*Bye*.

Luego de tener a David de mi lado, ya estaba lista para la tercera fase. Se preguntarán ¿cómo lo logré? Pues fácil, le dije que, si aceptaba, iría al cine con él. Sí, lo sé, nunca dije que David me había invitado al cine; resulta que cuando fui hacia él, ya él venía hacia mí. Así que negociamos y todos felices. Bueno, aunque no creo que todos, pero casi. Después fui a casa y vi a mi hermano que estaba saliendo; espero que no me haya visto.

—Anna... —murmuró Isaac.

—¿Qué? —traté de sonar normal. Me miró completa y después me dijo:

—Nada, olvídalo. —No saben cuánto odio que haga eso.

—¿Todavía no se han montado? —preguntó mi madre en forma de protesta.

—Ah... Nop —es como que obvio, ¿no creen? Si nos estás viendo frente a ti.

—Pues, dense prisa y suban al auto, que yo entro hoy a las 8 a.m. en mi nuevo trabajo.

Ya en el camino a la escuela, me coloqué mis audífonos y me fui en un viaje…

—Anna, ya llegamos —informó mi mamá.

—Me bajo ahora —contesté mientras le daba un beso en la mejilla en forma de despedida.

—Los quiero —respondió y se fue.

Tercera fase:

Cuando mi mamá nos dejó, en la escuela casi no había nadie, porque eran las 6:30 a.m. La mamá de David también entraba temprano a trabajar. Por lo tanto, David llegó como cinco minutos después que yo. Cuando conectamos, empezamos a dejar los papelitos en todos los casilleros de undécimo grado, claro, siendo bien cuidadosos en no ser descubiertos.

—¡Y el último! —exclamé mientras lo entraba en el casillero.

—Ay, Anna, ¿en qué nos hemos metido? —reflexionó, muy tarde diría yo.

—En nada, solo en una pequeña broma.

—¡Pequeña broma! —se exaltó.

—¡Shh! —intenté que se callara o al menos bajara la voz. Con lo gracioso que es el destino, daba la mala pata y seguramente alguien nos escuchaba.

—Bueno, pero recuerda que irás al cine conmigo. Ese fue el trato —me recordó firmemente.

—Sí, lo sé, pero también recuerda que solo acepté para que me ayudaras —le aclaré.

—Está bien, vámonos al salón.

—Ah, si no te has dado cuenta, son las 7 a.m. y el salón lo

abren a las 7:30 a.m.

—Pues, ¿qué hacemos?

—Querrás decir qué harás, porque «hacemos» es mucha gente y ya yo me voy. Adiós y gracias por ayudarme.

—De nada.

Después de despedirme de David, me puse a dibujar. Luego sonó el timbre que indica que faltan diez minutos para empezar y me dirigí al salón. Así pasaron las clases del día. Claro, ya estaban todas las chicas locas porque tenían el teléfono de mi hermano; era un secreto a voces por la escuela. Aunque no podían hacer nada con el número hasta el final del día, porque al inicio de cada clase les pedían los celulares. Cuando acabaron estas, fui a ver a mi hermano donde siempre, frente de la fuente, y lo vi hablando por teléfono.

—Sí... Yo le digo... Vale... Te amo... Adiós… —Fue lo que alcancé a escuchar de la conversación telefónica que sostenía.

—Anna, estaba hablando con ma' y me dijo que te deberás ir con David, porque hoy es mi última prueba para el equipo de baloncesto.

—¡¿Qué?! —respondí sorprendida.

—Que te vas con Da… —se quedó a mitad porque su teléfono comenzó a sonar.

—¿Número desconocido? —Mi plan ya empezó a dar resultado, sonreí con gustosa picardía…

—Hola... ¿Que eres quién? ¿Cómo tienes mi número? Mira, perdóname, pero adiós.

Y volvió a sonar…

—Hola... ¿Qué haces llamándome? Gracias... Adiós.

Y de nuevo...

—Hola... ¿Otra más? Adiós.

Los mensajes de texto también llegaban a mil por hora. No podía sentirme más victoriosa.

—Hola. Mira, no me lo tomes personal, pero adiós.

Así seguía y seguía sonando. Cada vez se ponía mejor. Hubo un momento en que no aguanté más y estallé a carcajadas. Tanto que me retorcía en el suelo sobándome el estómago.

—Anna... No me digas que ¿tú eres la responsable de todo esto?

Me quedé callada.

—¡Anna!

—¿Qué? Tú me dijiste que no te dijera.

—Así que fuiste tú...

—Ah... —Ahí empecé a correr por mi vida.

—¡Anna, de esta no te salvas! —gritó y se vino a correr detrás de mí.

Ahora soy yo la que les pide que oren por mí.

CAPÍTULO 4

Apocalipsis 3:20

Canción: «Eres preciosa», *Santiago Benavides*

Anna

¿Recuerdan que les pedí que oraran por mí y que les dije que después de clases me encontraba con mi hermano frente a una fuente? ¿Lo recuerdan? Pues déjenme decirles que, después de correr, mi hermano, como era de esperarse, me alcanzó y me tomó en su hombro como en esa misma mañana y me dejó dentro de la fuente. De todas formas, gracias a los que oraron.

Se preguntarán: ¿Dónde está Isaac? Pues mi queridísimo hermano me tenía en su hombro cuando su amigo lo llamó diciéndole que ya iban a empezar, entonces en ese momento me dejó en la fuente y se fue.

—¡Anna!

Esa voz la conocía.

—¡Anna! —volvió a llamar esa voz y claro, ya sabrán quién es... ¡David!

Rayos, había olvidado que hoy me iba con él. ¿Y ahora qué le iba decir? «Oh, Sra. Martínez, estoy empapada por una guerra de venganzas entre mi hermano y yo». Aunque pensándolo bien, eso fue exactamente lo que pasó. Tal vez debía usar eso; después de todo, no sonaba tan mal.

—¡Anna! ¿Anna? ¿Qué haces ahí? —dijo cuando vio mi ubicación, no pudo contener la risa y estalló en carcajadas.

—¿Vas a seguir riéndote o me vas a ayudar? —le reclamé.

—Es que te ves tan g-g-graciosa —se excusó entre risas.

—¡Ja, ja, ja! ¡Qué gracioso es todo! —repliqué con sarcasmo.

—Bueno, ya, ven, déjame ayudarte. —Me extendió su mano y no pude resistirme.

Tomé de esta y tiré fuerte hacia mí, provocando que él cayera a la fuente también.

—¡¿Pero qué rayos te pasa?! —me reprochó, sacando algunos cabellos que cayeron en su frente.

—Ah, nada.

—¡Ahora sí! —dijo y empezó a lanzarme agua.

—¿Ah, con que esas tenemos? —Sin dudar, empecé a mojarlo también.

—¡Guerra de agua! —gritamos al unísono.

Empezamos nuestra «guerra de agua» sin darnos cuenta de que el director estaba pasando por el lugar. En medio de risas y salpicaduras, lo vimos parado frente a nosotros, con una expresión que decía «¿En serio?», pero seguíamos tan de lleno en nuestra diversión que no notamos su mirada severa hasta que carraspeó y rompiendo el encanto llamó nuestra atención de golpe.

—Ah, nosotros… —expresó David nerviosamente.

—¡Puedo explicarlo! —objeté, pero después pensé:

¡¿Cómo rayos le voy a explicar al director?!

—Anna y David, a mi oficina, ¡ahora!

—Pero, seño…

—¡Ahora! —no me dejó terminar.

—Sí, señor director —dijimos David y yo a la misma vez.

—¡Qué muchachos los de hoy en día! —reprochó el director.

David y yo, sin más opciones, nos dirigimos a la oficina del director.

—Anna —llamó David.

—David —respondí imitándole.

—Sabes que esto es tu culpa, ¿verdad?

—¿Mi culpa?

—Ah, tú fuiste la que me haló hacia la fuente.

—Bueno, eso sí, pero tú te estabas riendo y después tú fuiste el que empezó a mojarme. Podías irte, pero te quedaste.

—Los dos tenemos la culpa —admitió.

—¡Tu mamá! —grité y me paré en seco.

—¡Mujer, me vas a matar del corazón! Mira, antes te estaba buscando para decirte que mi mamá se va a tardar porque hubo un accidente y hay mucho tráfico. Por lo tanto, dice que va a llegar como en una hora.

—¡Una hora!

—¡Vas a seguir GRITANDO! Y sí, como en una hora.

—Yo no estoy ¡GRITANDO!

—De aquí salgo sordo...

Después de un larguísimo y aburrido discurso del director, finalmente salimos. Digo así porque... miren por ustedes mismos.

—Charla—

Ustedes saben muy bien que nadie entra a esa fuente, ni se sienta en ella. Esa fuente fue construida en 1959, o sea, hace más de cincuenta años. Eso pasó cuando la escuela, que hoy ustedes están pisando, era una casa que los pobres usaban como escuela. Mi tatarabuelo hizo esa fuente con sus propias manos y, antes de morir, pidió que no se derrumbara ni le hicieran modificaciones. Otra petición fue que se continuara la escuela y hasta ahora se ha cumplido, pues miren, somos una de las más prestigiosas y reconocidas, pero hoy dos jóvenes quisieron hacer una «guerra de agua» en esta. Como consecuencia, se quedarán después de clases durante una semana a realizar una tarea distinta cada día; les pondré un profesor asignado. Y sin peros, es lo menos que les puedo dar a ustedes por lo ocurrido. Ahora, adiós. Afuera hay unas toallas para que se sequen; no quiero que se enfermen.

—Fin de la charla—

Procesaba toda esa información hasta que David me sacó de mis pensamientos.

—Anna, mi mamá ya llegó —indicó con prisa.

—Voy ahora.

—Sabes, podemos cambiar lo del cine para otro lugar.

Rayos, lo del cine lo había olvidado.

—¿Para dónde? —pregunté haciéndome la interesada. ¿A quién engaño? No tenía que fingir; la curiosidad me inundaba.

—Pues es mi lugar favorito y creo que te va a gustar. —Interesante respuesta, pero yo no era psíquica para entender a qué se refería.

—¿Podrías ser más específico?

—No, quiero que sea una sorpresa.

—¿Me vas a dejar con la intriga de a dónde me vas a llevar? —Odio cuando las personas hacen eso.

—¿Eso es un «sí»?

—Yo no dije eso.

—Pues entonces es un «no».

—Tampoco dije eso.

Me gustaba ver su nerviosismo y, si él me dejaba con intriga, ¿por qué no jugar con él?

—¡Mujeres! ¿Por qué son tan complicadas? ¿Es tan difícil decir «sí» o «no»?

—También sabemos decir: tal vez, quizás, no lo sé, puede ser…

—Lo pensaré, probablemente y otras muchas cosas; es como un don que tenemos nosotras —me interrumpieron, era la Sra. Martínez.

—Mamá —se alertó David y se puso rojo como un tomate.

—Tranquilo, hijo, no le diré a Anna que la llevarás a…

—¡Mamá! ¡Shhh!

—Tranquilo, Tomatito —contesté en tono burlón.

—¿Por qué me dices «Tomatito»? —cuestionó ofendido.

—Hijo, más rojo no podrías estar —aclaró, riéndose la Sra. Martínez.

—¡Mamá! —reprochó David.

—¡Hijo! —rebatió su mamá como respuesta.

—¡Vecinos! —grité; ni sabía en qué estaba metida, solo sé que se empezaron a decir los puestos de cada uno y ellos son mis vecinos.

—¿Qué? —dijeron al unísono y me miraron como si dijeran «¿Qué rayos le pasa?».

—Bueno, tú gritaste «¡Mamá!» y tú «¡Hijo!», así que yo grité «¡Vecinos!».

—Ah, ahora entiendo —expresó David.

—Ah... —imité con sarcasmo.

—Bueno, debemos irnos. Vayan a montarse al auto mientras yo hablo con el director —indicó su mamá.

Después de que nos dijera que nos fuéramos al carro, David y yo nos dirigimos hacia el frente de este y entonces él se decidió a hablar:

—Anna.

—¿Sí?

—De verdad lo siento, todo lo de allá con mi mamá fue muy vergonzoso.

—¿Lo sientes? Pues yo no, todo fue muy gracioso y cuando te pusiste rojo tomate, eso fue lo mejor —dije y me empecé a reír recordando el momento.

—¡*Hey*! No es gracioso...

—Piénsalo, si le quitas lo malo, todo es gracioso —expliqué.

—Bueno, si lo vemos desde ese punto, sí, es muy

gracioso —entendió y empezó a reír también.

—¿Lo ves, Tomatito?

—¡Oye! Un momento, reconozco que la situación es graciosa y me río de ella, pero otra cosa es que me sobrenombres con algo que mi cuerpo hizo involuntariamente.

—*Drama queen* —pensé.

—Si acaso, *king*.

—¿Dije eso en voz alta?

—Si te corrijo es porque sí, lo dijiste en voz alta. —Ups, creo que tengo que ser más precavida.

—Perdón, Tomatito, ¿sabes? Me gustó eso, así que, Tomatito, te quedaste.

—¿Tengo otra opción?

—Nop.

—Pues, señorita, déjame presentarme: soy Tomatito a sus órdenes. —Mientras hizo una reverencia, besó mi mano.

Creo que ahora soy yo la que estaba roja, por lo tanto, traté de ocultarme la cara con el cabello.

—¿Sabes qué, señorita? Ya encontré a mi Tomatita, la tengo justo al frente. El cabello no te oculta del todo.

Rayos.

—¿Por qué tu mamá no llega? Hace calor y ya me quiero montar en el auto —intenté cambiar de tema.

—Buena excusa, Tomatita.

—Nadie pidió tu opinión, Tomatito —enfaticé esa última palabra con toda la intención del mundo.

—Como usted diga, Tomatita —me imitó.

—Bueno, Sr. Tomatito y Sra. Tomatita, entren en el auto porque tienen que cambiarse para ir a...

—¡Mamá! —la frenó David.

—Para ir a un lugar muy importante —completó.

—No vuelvo a contar contigo.

—Se nos hace tarde.

—¿Tarde para? —pregunté.

La curiosidad me estaba matando; quería saber a dónde me llevaría David. Cada vez que creía que me enteraría, venía este e interrumpía a su madre y yo me quedaba con la duda.

—Me podrían decir ¿a dónde vamos? —insistí.

—Pues, vamos a mi casa para cambiarnos —anunció David.

—Tonto no, después de eso. Y una pregunta: ¿cómo me voy a cambiar si no tengo ropa? Mi hermano está en la escuela y mi mamá está trabajando.

—Tu mamá te dejó ropa en casa esta mañana.

—Chicos, ya llegamos —interrumpió la Sra. Martínez.

Me bajé y entré a la casa. La mamá de David me dio mi ropa, que, por cierto, no era lo usual para mí, pero como lo trajo mi madre, era de esperarse que fuera así. La tomé y me dirigí hacia el baño. Me di una ducha, luego me vestí y salí del baño.

—*Wow*, Anna. ¿Qué te hiciste? —balbuceó David con ojos de impacto.

—Qué hizo mi madre, querrás decir, aunque sabes, soy muy creativa, me gusta usar muchos estilos. Camaleón me dicen, mentira, nadie me llama así, ja, ja, ja.

—Ja, ja, ja, ¿Pascal, eres tú? Fuera de broma, ¿estás lista?

Ya nos vamos.

—Sí, ya estoy lista.

—Mis Tomatitos, entren en el auto que es hora de irnos —dijo la mamá de David a lo que nosotros no pudimos hacer más que reír.

—Espero que te guste —expresó el Sr. Tomatito con nerviosismo.

—Si me dijeras a dónde vamos, te diría si me gusta.

—Me temo que los dos tendremos que esperar…

—¿Tengo otra opción?

—Nop.

Después de que la Sra. Martínez entrara al auto, nos fuimos a no sé dónde. En el camino le expliqué todo lo que pasó ese día entre mi hermano y yo. Entonces entendió cómo yo había terminado en la fuente. David empezó a reír como loco; no se callaba. Aunque el codazo que le di disminuyó su risa.

—Sabes, ahora digo yo como tú me dijiste: «si le quitas lo malo, todo es muy gracioso».

—Y se supone que yo te diga: «si lo vemos desde ese punto, sí, todo es muy gracioso».

—Sí.

—Tienes razón —dicho esto, la pavera continuó.

—Chicos, ya llegamos…

CAPÍTULO 5

Salmos 103:2

Canción: «Vuelve», *Jez Barbaczy*

Anna

Llegamos a un lugar que parecía una ¿iglesia? Al menos, aparentaba.

—Los vendré a buscar a las nueve. Yo voy al retiro, que es en la capilla. Cuando salgan, los estaré esperando en la puerta.

—Creo que me perdí —concluí, porque honestamente lo estaba.

—Tú solo quédate con David —dijo la Sra. Martínez y luego lo señaló—: Cuídala bien.

—Sí, ma', te amo. Anna, ¿entramos?

—Eh… sí… —respondí, dudosa.

Cuando entramos confirmé que era una iglesia muy linda.

—Anna, él es Santiago, maestro de niños pequeños.

—Un gusto... ¿Anna? ¿Cierto?

—Esa misma soy yo, un gusto igualmente.

Santiago nos recibió con mucho entusiasmo; parecía un buen amigo de David, aunque un poco mayor. Era de imponente estatura y como de unos diecinueve años, con cabellos rojizos, tez blanca con simpáticas pecas y lindos ojos verdes.

—Anna, ven, que ya faltan unos cinco a diez minutos para que empiecen —sugirió David, interrumpiendo mis pensamientos.

—Vale.

Me senté junto a David en la tercera fila, si no me equivoco.

—David, cuéntame, ¿qué hacen aquí? —pregunté, curiosa.

—Pues en esta iglesia tenemos cultos de jóvenes y en ellos hacemos muchas cosas: bailamos, cantamos, dinámicas, prédicas... de todo un poco.

—Ah... Suena divertido —respondí con interés.

—No suena, ¡es divertido! También, hay algo muy importante.

—¿Qué?

—Tu relación con Dios, aquí la refuerzas y llenas tu espíritu de Su presencia.

—Me recuerdas tanto a mi padre… —susurré con nostalgia cuando de pronto...

—¡¿Cómo están los adoradores del Señor en esta noche?! —preguntó desde el púlpito un chico como de unos veinte años.

Como respuesta, la gente empezó a gritar con mucho ánimo.

—Nos ponemos en pie e inclinamos nuestros rostros y oramos. —Hicimos lo indicado, cuando terminó, dijo—: Saben, hoy vamos a hacer las cosas al revés. Empezaremos con una canción a la que quiero que todo el mundo le preste mucha atención. La canción habla del esfuerzo que pasó nuestro amado Salvador y Su único deseo; si necesitas reconciliarte con el Señor, este es tu momento.

Dicho esto, los del coro empezaron a cantar: «Vuelve» del artista *Jez Barbaczy*. Cuando escuché esa canción, no pude contener las lágrimas y me fui corriendo afuera de la iglesia. Un solo recuerdo invadía mi mente en ese momento... Papá.

Escuchaba a David diciendo mi nombre, pero lo ignoré y seguí con mi camino, no definido.

—¡Anna, para, por favor!

Me detuve en el estacionamiento de la iglesia y me senté en la acera. David no tardó y se sentó a mi lado.

—Anna, ¿qué pasa?

—Es que... —intentaba explicarle, pero estaba tan sobrecargada que apenas podía pronunciar cualquier palabra.

—Tranquila, solo cuéntame, estoy aquí para ti.

—No, no es tan... tan fácil —dije entre sollozos.

—Si no quieres hablar, está bien, pero siempre es bueno desahogarse con otra persona —dijo sobando mi espalda mientras yo me recostaba en su hombro.

—Bueno, está bien. —Di un suspiro y limpié las lágrimas que aún corrían por mis mejillas para armarme de valor y contarle—: Antes de mudarme para acá, mi familia era cristiana. Mi papá era el pastor de adoración. Mi mamá al principio no iba a la iglesia, así que yo me iba con papá. Poco a poco, mi mamá y mi hermano se fueron integrando, aunque ellos no eran tan constantes como mi papá y yo. La canción que cantaron fue la canción que mi papá y yo cantábamos. Esa era nuestra canción; la usábamos siempre que se ministraba o se hacía un llamado. Era algo especial.

—Entonces, ¿cuál es el problema?

—Un día a mi papá le dio un ataque al corazón y lo llevamos al hospital a tiempo. En el mismo, mi papá empeoró y murió. Desde ese momento, mi mamá y mi hermano le echan la culpa a Dios por lo sucedido. Yo no pienso igual que ellos, así que me quedaba en casa de mi tía para que ella me llevara a la iglesia. Después de todo, mi mamá consiguió un mejor trabajo y nos mudamos. Desde entonces no he ido a la iglesia.

—Anna, de verdad lo siento… —me consoló.

—No te apures, me hace también mucha falta la iglesia. Otra cosa, se me hace muy raro que mi mamá me dejara venir, aunque antes iba con mi tía. La única condición era que después no lo mencionara en la casa.

—Ella te quiere mucho y va a hacer todo lo posible para que seas feliz.

—Gracias por todo. David, eres un gran amigo.

Después de un rato, el culto terminó. Luego David me dejó en mi casa; bueno, realmente me acompañó, porque fuimos a su casa y de ahí caminamos a la mía. Ya allí, tomé una ducha, le di un beso a mi madre y me dirigí al cuarto de mi hermano. Toqué la puerta y la abrí suavemente por si estaba dormido.

—Isaac, ¿estás despierto?

—Sí, ven acuéstate aquí conmigo —contestó y se echó a un lado de la cama, creando un espacio para mí, que sin dudar lo ocupé—. Y cuéntame…

—Bueno, pues fuimos a una iglesia…

—Sabes lo que pienso acerca de eso. Si quieres, mejor vamos a dormir.

—No, Isaac, ya sé lo que piensas, pero también sé que estás mal. Dios no tiene la culpa de lo de papá; si creyera o no, eso no importa, iba a pasar. Desde antes de que papá fuera pastor, era algo que tarde o temprano iba a suceder. Tú lo sabes muy bien, o me vas a decir que si papá no hubiese sido cristiano no se hubiese muerto…

—Pero… —no lo dejé terminar.

—Pero NADA. ¡Isaac, reacciona de una vez! Papá vivió los mejores años de su vida; o prefieres que se quedara en casa como un viejo amargado, o crees que sería mejor que esté vivo, pero sufriendo… Yo no sé tú, pero yo estoy feliz de que ya no está sufriendo y está en el cielo con Dios. ¿No crees? Mira, con Dios lo teníamos TODO, éramos felices, yo danzaba, mamá cantaba, tú eras el capitán del equipo de baloncesto de la iglesia y NUNCA nos faltó nada, NADA, Isaac, NADA —tomé un suspiro, necesitaba aire, pero luego continué, tenía que decir todo de una vez—: ¿Sabes? Venía aquí para pedirte que, por favor, me ayudaras a convencer a mamá para ir a una iglesia no muy lejos de aquí, mas ya me di cuenta de que eres un necio y que contigo no cuento. También, me di cuenta de que Cristo es todo para mí y, con tu ayuda o sin ella, conseguiré cómo llegar allá; voy a ir y empezaré a adorarle. Aunque tú o mamá no quieran y sigan siendo necios, no voy a continuar aguantando algo que no puedo. El Dios que tanto rencor o lo que sea que ustedes le tienen dio su sangre por nosotros y yo le voy a agradecer siempre con mi vida. Cuando reacciones y te des cuenta de que eres un ignorante, entonces me hablas —dicho esto me salí de su cama y cuarto, cerrando con un portazo.

Sentí un gran alivio, como si me hubieran sacado un peso de encima. Siempre había querido decirles todo esto, pero siempre me evitaban el tema o me regañaban. Sin embargo, ya no podía más. Por otro lado, me sentía un poco mal; mi hermano y yo nunca discutíamos. Bueno, siempre lo hacíamos, pero no de esta forma. Cuando él y yo lo hacíamos, era para molestarnos, como todos los hermanos. La cosa es que yo le dije la verdad y sé que tarde o temprano van a saber que tengo razón.

Hoy, cuando fui a la iglesia, al principio, cuando escuché la canción que cantaba con papá, me destrocé y luego todo fue mágico. Primero, cantamos y, en medio de las alabanzas, nos dieron instrumentos de danza, que acepté sin dudarlo, recordando los viejos tiempos. Luego el ministerio de artes hizo un baile y después tuvimos una predicación con dinámicas. Todo me encantó y me hizo darme cuenta de lo mucho que extrañaba sentirme así, que estoy en casa, donde realmente pertenezco.

David

Abrí mis ojos y los cerré rápido por la claridad, luego los abrí nuevamente para ir acostumbrándome a la luz hasta que lo conseguí. Vi la hora en mi reloj y eran las 8:30 a.m.; todavía podía seguir durmiendo, ya que es sábado. Intenté hacerlo, mas no lo conseguí, por lo que me levanté y fui al baño.

Después recordé que hoy había quedado en encontrarme con Santiago en el parque cerca de mi casa para ir al orfanato.

¿De qué hablo? Él y yo vamos una vez a la semana a este, aunque él también va solo otros días. A su novia, Valentina, se le murieron los padres y quedó en custodia del gobierno por no tener más familia. Ella antes iba a la iglesia con nosotros y la directora la deja salir a veces. Claro, siempre que vaya Santiago y la entregue antes de las nueve. Otra cosa que hacemos con frecuencia es enseñarles acerca de Dios a los otros niños que están en la institución.

Me arreglé y me di cuenta de que ya eran las 9 a.m., por lo que bajé a buscar el desayuno. Sin embargo, antes de hacerlo vi la ventana y me acordé de Anna. Se veía tan feliz en la iglesia, como si extrañara y necesitara estar ahí, expresarse, desahogarse. Bueno, eso fue lo que percibí en ella y después de lo que me confesó, dudo mucho que no estuviese en lo correcto.

—¡David! —llamó mi madre.

—¡Voy! —grité desde mi cuarto, como de costumbre.

Salgo de este y me dirigí a las escaleras. Mientras lo hacía, noté un delicioso olor a *pancakes* que según seguía bajando, el aroma se intensificaba.

—Mamá, por favor, dime que ese olor es de *pancakes*.

—De coco, chocolate y tradicional —respondió.

—¿Puedo tomar uno de cada uno?

—No seas glotón.

—Pero...

—Nada —bromeó, poniendo mezcla de *pancakes* en mi nariz, limpiándome con el dedo para probarla.

—Mmm... ¿Coco? —intenté adivinar.

—Sí. ¿Me puedes guardar los chocolatitos en la nevera?

—Con gusto —respondí como el glotón que soy.

—Dije guardar, no comer, que quede claro —advirtió mi mamá.

—Yo los guardo con el mismo gusto en mi estómago.

—Anda, cómete dos o tres, pero después el *pancake* te lo comes de coco.

—Trato hecho. —Como siempre, nadie se resiste a mis encantos. Me apoyé de lado en la nevera y ahora que me daba cuenta, ¿por qué tanta comida?

—Oye, ma'.

—¿Sí?

—¿Por qué este banquete?

—Porque Santiago me llamó diciendo que la directora le dio permiso a Valentina para salir, entonces vienen aquí para desayunar. Tú sabes que a ella le encantan los *pancakes*.

—Ahh, *ok*.

—Oye, hijo, ¿cómo les fue en la iglesia ayer?

—Pues muy bien, a mí me encantó.

—A ti siempre te encanta; yo hablo de Anna. Ella se veía súper feliz, pero tenía los ojos un poco rojos e hinchados.

—Sí, sólo es que le vinieron recuerdos familiares.

—Ah, y se podría saber, ¿qué tipo de recuerdos?

—Al papá le dio un... ¡Mamá! Lo estás haciendo otra vez... —la descifré.

—Yo no estoy haciendo nada, tan solo estoy terminando de cocinar este *pancake* para preparar la mesa —defendió su postura, actuando como inocente.

—Sí, ajá, tú siempre con tus preguntas y juegos terminas sabiendo todo. Estás como la abuela; bueno, como la abuela no hay nadie. Ella parece que tiene un doctorado.

—Bueno, bueno, ya. No es para tanto.

—¿Te ayudo con la mesa? —pregunté para desviar el tema.

—Toma —dicho esto, un mantel venía directo a mi cara.

—¡Auch! —me quejé.

—Ay, hijo, estás bien delicado.

—Qué voy a saber yo que un mantel volador iba a venir hacia mi hermosa cara.

—Los violines para el príncipe, por favor —cantó irónicamente.

—Soy una diva. —Me puse el mantel en la cabeza y empecé a modelar.

—Mira, pon el mantel en la mesa y deja de modelar.

—Voy a poner el mantel porque ya deben llegar en cualquier momento, o ellos te dijeron hora.

—No me dijeron hora, pero si Santiago la fue a buscar, lo más seguro es que en cinco minutos estén aquí, por lo tanto, apúrate.

—Ya puse el mantel; ve dándome los platos.

—No sea vago y búsquelos, que yo voy a fregar, a menos que quieras lavar los trastes.

—No, gracias, te dejo con ese honor; yo mejor voy y sigo con los platos limpios.

—Eso pensé.

Fui y agarré unos cuantos platos y los coloqué en la mesa con sus respectivos cubiertos y vasos. Minutos después sonó el timbre y me dirigí hacia la puerta para abrirla. En esta se encontraban Santiago y Valentina, una linda chica de unos dieciséis años, piel blanca, cabellos rubios tirando a *dirty blonde* y dulces ojos grises; ahora que los veo juntos, creo que hacen una pareja de *show*.

—¡Valentina! —saludé, recibiéndola con un abrazo.

—¿Y yo qué? ¿No existo? —dijo Santiago e hizo una mueca de ofendido.

—No seas tonto. Anda, pasen, ya está todo listo.

Nos sentamos en la mesa y oramos. Después, comimos y hablamos de temas al azar, hasta que mi madre le dio con tocar el tema de los nuevos vecinos.

—Con que esa fue la chica que llevaste a la iglesia… —entendió Santiago.

—La llevaste a la iglesia, qué lindo —dijo Valentina—: ¿Cuéntame, es linda?

—Sí, es muy linda, un poco extraña, pero no importa —aportó mi madre.

—¡Mamá! —repliqué.

—Ay, hijo, no te debe dar vergüenza que hablemos de tu novia.

—¡Ya son novios! —exclamó Santiago y se atragantó con el jugo.

—¡Qué emoción! —expresó sonriendo Valentina.

—¡No! No somos novios… Por ahora… —lo último lo dije en susurro y creo que nadie lo escuchó, gracias a Dios.

—Dijo «por ahora» —repitió Santiago para mi mala pata.

—Bueno, ya basta, ¿por qué no hablan de ustedes? Y si quieren un bachillerato en las preguntas y juegos, aquí tienen una maestra —señalé a mi madre—, pero si quieren conocer a una doctora en esa área, vayan donde mi abuela.

Isaac

Después de que Anna se fue, me quedé pensando en lo que hablamos. Pensando y pensando dieron las 4:30 a.m. y me quedé dormido. Al despertar fui al baño e hice la rutina diaria. Luego bajé las escaleras y vi a Anna sentada en un *stool* hablando con mamá, que estaba en la cocina. Cuando ella me vio, dejó de hablar y se me quedó mirando.

—Buenos días —dije para romper el silencio que era incómodo.

—Eh, mamá, voy para mi habitación... Creo que olvidé algo; me llamas cuando esté lista la comida.

—Vale. Anna, ¿estás bien?

—Sí, solo que quiero dibujar un rato, nada más.

Era obvio que no quería verme; hasta cambió su excusa: primero dijo que iba a buscar algo y luego que iba a dibujar.

—Está bien, te aviso cuando esté el desayuno.

—Sí, ma' —dicho esto se fue a su cuarto.

Cuando se fue de nuestra vista, mamá habló.

—Isaac, ¿sabes qué le pasa a tu hermana?

Pues claro, lo que pasa es que soy un idiota. No lo puedo decir, obvio.

—Eh... No, no sé qué le pasa. ¿Ha estado así toda la mañana?

—Sí, y ahora se ve mejor porque por la mañana, ella no lo sabe, pero la vi llorar. Además, está más rara de lo normal; me preocupa tu hermana.

—De seguro es algo pasajero, tú sabes que ella es muy sensible y a veces muy terca, puede ser cualquier tontería —dije algo nervioso, tratando de evitar el tema.

—Isaac, tú sabes qué le pasa y no me quieres decir, ¿cierto?

—Eh, mamá, la avena —contesté señalando la estufa; era cierto, se le iba a desbordar si no la sacaba de la estufa ahora. Por lo menos el destino o quien sea estaba de mi lado.

—¿Me estás cambiando de tema?

—La avena —señalé de nuevo.

—¿Fuiste tú? ¿Qué le hiciste a tu hermana?

—¡Mamá, LA AVENA! —la tomé de los hombros y la giré hacia la estufa.

—¿Qué avena ni qué ocho cuartos? ¡Ah, la avena! ¡¿Por qué no me dijiste?!

—¡Haz algo!

—¡Ma', algo huele a quemado! —gritó Anna desde su cuarto.

—¡No te preocupes! —grité.

Luego de que mamá hiciera el desayuno de nuevo, me mandó a buscar a Anna; había llegado el momento de hablar con ella…

CAPÍTULO 6

Salmos 34:17

Canción: «Clama», *Kike Pavón ft. Ulises Eyherabide*

Anna

Después de irme ayer del cuarto de Isaac, fui a mi habitación y me acosté en mi cama a llenar la almohada de lágrimas. Así me quedé dormida. Hoy por la mañana tenía unas ganas horribles de llorar, quería soltar lo que hace años tenía adentro, por lo tanto, me fui a tomar una ducha. En el camino se me salieron algunas lágrimas, pero creo que nadie me vio. En fin, llegué por fin a la ducha, mi fiel compañera. ¿Por qué? Simple, siempre me desahogo con ella, es la mejor excusa. Si sales de ella y alguna lágrima se te escapa, puedes decir que es agua y si tienes los ojos rojos, dices que te cayó champú.

Luego de salir de la ducha, fui a mi cuarto y me vestí. Seguidamente, me dirigí a la cocina y me encontré con mamá.

Espero que no me haya visto de camino al baño porque, si era así, me preguntaría qué me pasaba y qué le iba a decir. No podía defenderme con que eran gotas de la ducha si aún no me había bañado. Por suerte creo que no me vio.

Hablé con ella un rato de temas al azar hasta que llegó Isaac. Cuando él apareció, yo inventé lo primero que se me vino a la mente y me fui a mi cuarto tratando de evitar la mirada intensa de mi hermano y mi madre.

En mi cuarto me puse a dibujar, ya que si no lo hacía provocaría preguntas, que quiero evitar totalmente. Mi dibujo consistía en una muñeca con la boca tapada; así me sentía: puedo hablar, pero prefiero quedarme callada. ¿Para qué perder el tiempo si no me iban a escuchar?

«Toc, toc» sonó la puerta...

—Anna. ¿Puedo pasar? —Yo creo que ya saben quién es, mi famoso hermano, Isaac.

—¿Para qué? Para que sigas con tus cosas —protesté del otro lado de la puerta; también me dolía hablar así con mi hermano. Extrañaba pelear con él por tonterías.

—Mira, Anna, me has dejado pensando ayer y, después de darle tantas vueltas en mi cabeza, llegué a la conclusión de que tienes razón.

¿Soy la única que lo escuchó? *Pues claro boba, estás sola.* Mira, conciencia o subconsciente o quien seas, no quiero hablar contigo, aunque tienes razón, soy la única aquí. *Es obvio que tengo razón, soy la razón.* Ay, ya, la que más sabe. *Aunque no lo quieras, sí, soy la que más sabe.*

—Anna, ¿estás ahí? —preguntó Isaac, interrumpiendo mi conversación con mi conciencia, subconsciente, razón, qué sé yo.

En ese momento abrí la puerta y me encontré con él. No dudé ni un segundo y lo abracé.

—Anna, soy un idiota, necio, lo que sea, pero por favor, perdóname.

—Sí que eres tonto.

—¿Eso es un «sí»?

—Bobo.

—Entonces es un «sí». Te quiero mucho, enana.

—Y yo más, feo.

—En serio. ¿Feo? ¿No tenías algo mejor que decir?

—Idiota.

—Hace tiempo que no me lo decías, ya lo extrañaba.

—Yo te extrañaba a ti.

—¿Quieres subir a mi espalda?

—¿Bromeas?

—Me voy…

—¡No! ¡Claro que quiero!

—Pues móntate.

Bajamos las escaleras; bueno, Isaac las bajó, yo estaba en su espalda.

—Hijos, no se muevan, voy por la cámara.

—Mamá…—dijimos Isaac y yo a la vez.

CAPÍTULO 7

Proverbios 18:24

Canción: «Para ti», *Juan Luis Guerra*

Anna

Es sábado y, como siempre, ya estoy despierta mientras toda la casa duerme. Una vez que me acostumbro a levantarme temprano, aunque no tenga escuela, sigo haciéndolo. Para no aburrirme mientras los demás se levantan, que probablemente será en cuatro horas y media, decido tomar un libro.

Mi mamá normalmente se levanta a esa hora, 10 a.m., todos los sábados. Bueno, a lo que iba: tomar mi libro de la mesita de noche. Aunque me levanté temprano, seguía siendo un poco vaga, así que intenté alcanzar el libro sin salir de la cama. Me doy cuenta de que solo logré empujarlo más lejos. Volví a intentarlo sin pararme y, en el proceso, me caí de la cama y tumbé todo lo que estaba encima de la mesita. Con el ruido que hice, creo que desperté a medio mundo.

David

Hoy me levanté temprano, como de costumbre. Tomé mis cosas de arte y me puse a dibujar la vista que se apreciaba desde mi ventana. Ese dibujo iba a ser para Anna. Le iba a dibujar ese árbol que tanto se quedaba mirando. Abrí la ventana y me senté en el marco de esta. Todo iba bien hasta que escuché un ruido. Me fijé bien en el árbol y me di cuenta de que soy el más tonto, de los tontos, de Tontolandia. Mi propia ventana estaba al frente de la ventana de Anna. Sin más que pensar, me puse ropa casual y ya estaba listo para cruzar de ventana a ventana. Sonaba un poco loco, pero es que la locura es mi mejor amiga.

Isaac

Escuché un ruido, lo ignoré y traté de seguir durmiendo, pero no pude pues escuché otro más fuerte y fui a ver que Anna estuviese bien. Cuando entré a su cuarto, no la veía. Caminé un poco más hacia adentro y entonces sí la vi en el suelo con muchas cosas. No pude evitar la risa y estallé en carcajadas.

—Idiota, cállate y ayúdame.

—¿Cómo terminaste así?

—Bueno... ¡Eso no importa! ¡Ayúdame!

—Voy, te ayudo, ahora solo… ¡No te muevas! Voy por la cámara. —Tenía que aprovechar la oportunidad. Podría obtener un favor a cambio de esa foto.

—¿Cámara? ¿¡Qué?! ¡NO!

Ella siempre capta las cosas tarde.

—Sonríe y listo —ya tengo la foto.

—Borra la foto, ¡ahora!

—No, si quedaste bien bella —dije sarcásticamente.

—Cállate y dame la cámara.

—Dame un segundo. —En ese momento le estaba tirando una foto a la foto con mi celular.

—Dame eso —amenazó y se tiró encima de mí como en caballito.

Después de pelear, terminamos en el piso y logró quitarme la cámara.

—Dame la cámara, Anna.

—¡Nop! —respondió determinada y se fue corriendo hacia el baño.

Iba a correr tras ella, pero después recordé que tenía la foto en el celular, de igual forma ella tenía mi cámara por lo cual comoquiera, fui al baño y toqué la puerta.

—¡¿Cómo rayos se usa esto?! —preguntó desesperada.

—Si salieras, te podría enseñar —respondí irónicamente.

—No soy tan estúpida como para salir.

—Como tú quieras, te espero aquí.

Obviamente, no la iba a esperar, pero no soy bobo; dejé mis zapatos al frente de la puerta. Así que, si ella se asomaba por debajo de la puerta, pensaría que estaba esperando a que saliese. Entonces me iba para mi cuarto, mas recordé que había dejado mi teléfono en alguna parte del cuarto de Anna. Ya ahí encontré mi teléfono en el piso y cuando me levanté noté algo o, mejor dicho, a alguien viniendo para la ventana de Anna. ¡De ANNA! O sea, mi hermana ¡pequeña! Me acerqué para ver mejor a ese alguien, abrí la ventana y me encuentro con ¡David! Yo sabía que ese se traía algo, pero jamás imaginé que fuera a tener la valentía de aparecer a las 6:00 a.m.

—¡David! —lo intercepté.

—¡Isaac! ¡Ahh!

—Ja, ja, ja, espera… ¿¡Te caíste?!

—No, me tiré; es muy diferente —se defendió desde el trampolín de su casa.

—Bueno, eso no importa, tengo que hablar contigo…

David

Ahora sí que estoy frito, frito no… ¡Estoy muerto! Yo y mi idiotez, ¿a quién se le ocurre cruzar de ventana a ventana con un hermano mayor en la casa a las 6 a.m.? Bueno, es que yo era especial, demasiado diría yo. Lo peor es que me caí al ver a Isaac en la ventana de su hermana, a menos que ese sea el cuarto de Isaac y no de Anna. No lo creo, pero lo que importa ahora es que mi bello rostro está bien gracias a este trampolín y claro, a Papá Dios.

A veces, aunque casi nunca, el destino está de mi lado. Y por lo que veo ya se cansó y se fue, porque, si no me equivoco, estoy viendo a un Isaac, no muy contento viniendo hacia mí. Salí del trampolín con intenciones de ir a mi cuarto, pero alguien me agarró por la parte de atrás del cuello de la camisa.

—¡Auch! —me quejé.

—Tienes cinco segundos para explicarme qué ibas a hacer y cuáles eran tus intenciones —amenazó mi «querido» vecino.

—Yo iba para mi cuarto con la intención de evitarte —contesté, y era la verdad; él no especificó de qué momento exactamente era la pregunta.

—Cuatro —siguió contando.

—Pero…

—Tres —me interrumpió.

—Dos —le seguí, no tenía muchas opciones. De esta solo el Divino Creador me salvaba.

—Uno —terminó el conteo con un tono enojado.

—Antes de que me mates, ¿qué hace esa chica tocando la puerta de tu casa a estas horas?

—¡Aria!

—Exactamente.

En realidad, no sabía quién era «Aria» y no me importaba porque, a la verdad, no había nadie en frente de su casa; esa fue la primera excusa que se me vino a la mente. Y al parecer esa tal «Aria» asustaba a Isaac y esa sería mi salvación.

—No puedo creer que esté aquí.

—Créelo y no se ve muy contenta que digamos; yo que tú no voy a tu casa —continué con mi historia, de aquí para *Broadway*, ja, ja, ja.

—Obviamente, no voy a ir para mi casa. David, necesito que me salves de ésta y me dejes estar en tu casa hasta que ella se vaya.

Je, je, lo tengo justo donde quería.

—¿Qué recibo a cambio? —argumenté. No podía perder esta oportunidad de oro.

—Ahh…

—Ya sé, no le digas a Anna lo de hoy, y yo, te dejo entrar a mi casa.

—Pero...

—¡Aria! —grité.

Al segundo estaba tumbado en el césped con Isaac tapando mi boca con su mano.

—Cállate —suplicó y sacó su mano.

—¿*We gotta a deal?* —pregunté.

—*Deal*, pero ahora vámonos gateando hasta tu casa.

Ya en mi casa quise preguntar quién era Aria, pero sabía que no lo podía hacer directamente o mi mentira, salvación como yo le digo, estaría perdida.

—Qué suerte tienes de haberte librado de ésta…

—Sí, Aria está obsesionada conmigo.

—¿Obsesionada?

—Correcto, todo empezó cuando, por una apuesta entre amigos, me tocó besarla. Al otro día, ella llegó completamente cambiada; entonces empezamos a salir y nos hicimos novios. Después, ella se convirtió en la celosa número uno en el universo y terminamos. Siempre ha querido volver conmigo, pero yo no quiero. Entonces resulta que cuando mi hermana repartió mi número de teléfono por la escuela, uno de los casilleros era el de su prima. Ahora ella tiene mi teléfono y no deja de llamarme.

Yo espero que esto no se me olvide porque me puede servir

en un futuro, insertar risa de Yzma.

—Pues déjame informarte que tienes un gran lío…

—Un gran, gran, pero gran lío, mejor dicho —suspiró.

—Voy a ver si ya se fue.

—Ojalá.

Hice lo que dije, me dirigí afuera para «verificar» si ya se había ido y regresé a donde él.

—Ya se fue —le notifiqué.

—¿Estás seguro? Porque lo menos que ella se queda al frente de mi puerta es una hora.

—¿Quieres salir y ver tú?

—¡No! Verifica bien y después me dices, no vaya a ser que esté escondida.

—Vale.

Fui otra vez y me apoyé en la cerca a esperar que pasara por lo menos unos cinco minutos para que él creyera que se «fue».

—Ya verifiqué bien y no está.

—Uff, no sabes la alegría que me da que se haya ido rápido.

CAPÍTULO 8
Eclesiastés 3:1

Canción: «Todo tiene su tiempo», *Alabastro*

Anna

Ya han pasado tres meses desde que fui a la iglesia por primera vez. Continué yendo, pero con mi hermano. También, pertenezco al ministerio de artes y debo decir que me fascina. Isaac, por otra parte, se lleva super bien con Santiago. Él ahora es el sub-capitán del equipo de baloncesto.

Con mi mamá las cosas no han sido fáciles. Isaac y yo tratamos de convencerla para que fuera con nosotros a la iglesia. Ella dijo que respetemos su posición como ella respeta la nuestra y si no es así, aunque ella no quiera, nos prohibirá ir a la iglesia. Desde que nos habló así de claro, no le hemos vuelto a tocar el tema. Ahora, David estaba conmigo en mi habitación haciendo un trabajo de Ciencia, pero yo permanecía distraída pensando en cómo llevar a mamá a la iglesia.

—Anna, ¿estás de acuerdo con eso?

—Sí —contesté en automático.

No sabía de lo que me estaba hablando, pero no quería que se diera cuenta de que no le prestaba atención. Sé que debería preocuparme por el trabajo, debido a que vale cincuenta puntos, mas no puedo parar de pensar en mamá.

—Anna, por favor, dime… ¿Qué te pasa?

—No me pasa nada.

—Anna, por el amor de Dios, dime, ¿qué te pasa?

—Que no me pasa nada, te dije.

No me gustaba mentir. Sin embargo, no quería preocuparlo.

—Bueno, «si no te pasa nada», dime por qué no estabas prestando atención.

—¿Quién dijo que no estaba prestando atención?

—¿Qué fue lo último que dije?

—Eh… —no sabía qué decir.

—Exacto, no sabes de lo que te estaba hablando.

—Está bien, no estaba prestando atención —lo reconocí.

—¿Qué piensas?

—¿Por qué no seguimos con el trabajo?

—Ves, algo te pasa, acabas de cambiar de tema —señaló y tenía razón.

—Me rindo. Lo que pasa es que Isaac y yo tratamos de convencer a ma' para ir a la iglesia y ella nos dijo que, si le seguíamos diciendo, nos prohibiría ir allí.

—Bueno, ¿y qué tal si hacemos un plan?

—¿Cómo qué?

—Hoy tú danzas, ¿verdad?

—Sí, ¿por?

—Y tu hermano tiene juego…

—Sí, ¿por?

—Entonces eso significa que... —dejó la frase en el aire para que yo la continuara.

—No veo tu punto —admití.

—Hoy yo dije que iba a ayudar al equipo en el juego y mi mamá es la que nos lleva a tu hermano, a ti y a mí. Esto significa que si tu hermano, mi mamá y yo estamos en el juego…

—Mami me tendrá que llevar a la iglesia porque tengo que danzar —terminé su frase. Al fin entendía su punto.

—*You got it*.

—Ven, acompáñame a donde mami para decirle.

—Dale, vamos.

Bajamos las escaleras y nos encontramos a mi mamá cocinando. David tomó mi mano entrelazando sus dedos con los míos. No sé por qué, pero sentí una corriente recorriendo todo mi cuerpo cuando él hizo este acto. La misma que aumentó cuando él susurró: «Estaré contigo pase lo que pase». Ahí creo que tuve un infarto. No sabía lo que me pasaba, parecía estúpida con esto, pero no lo podía negar, me gustaba David.

Al fin lo aceptaste, yo siempre te lo dije. Cállate, conciencia, no estoy para ti ahora. *Para mí no, pero para David sí*. Una vez más, mi conciencia traicionando mis sentidos.

—Anna, vamos —dijo David sacándome de mis pensamientos.

—Vamos —confirmé.

—Mami, tengo un problema.

—Dime.

—Lo que pasa, señora, es que Isaac y yo estaremos en un juego de baloncesto y mi mamá nos va a llevar.

—Entonces yo danzo hoy —le seguí la corriente.

—Lleguen al punto —nos apresuró, a mi madre no le gustaban los rodeos.

—Necesitamos que lleve a Anna a la iglesia para que pueda danzar —culminó David, y se lo agradezco porque estaba bien nerviosa.

—Anna, sabes lo que pienso al respecto de eso.

—Por favor, señora —insistió David.

—David, no te metas, por favor —le contestó mi madre.

—Pero… —no pudo terminar…

—Vete, tengo que hablar con Anna —ordenó mi madre con un tono firme.

—Señora, por favor —David lo volvió a intentar.

—David, por favor, vete de mi casa.

—Pero… —él trató de insistir nuevamente, pero mi mamá lo interrumpió otra vez.

—¡David, ya te dije que te vayas! —repitió mi madre, ahora alzando la voz.

—Está bien, señora —contestó.

Ahí besó mi mejilla y separó nuestras manos para así irse. Sé que no era el mejor momento para hacer esto, pero era involuntario;

me puse roja. Más de lo que estaba, porque ahora mismo las lágrimas corren por mis mejillas de la rabia...

—¡¿Por qué haces esto?! —reclamé a mi madre.

—¡¿Por qué tú me haces esto?! —respondió.

—¡¿Hacer qué?! ¡Tratar de salvar la vida de mi madre, expresar mi adoración a Cristo, seguir luchando por algo importante que significa mucho para mí, honrar la memoria de mi padre!

—No vengas con cuentos ahora y sabes que yo siempre cumplo lo que digo, así que no irás más a la iglesia, Isaac tampoco.

—Primero, no siempre cumples lo que dices porque ahora mismo no estás cumpliendo tu plan de salvación. Ya se te olvidó cuando dijiste: «Jesucristo, yo te acepto como mi único Salvador; perdona mis ofensas y escribe mi nombre en el libro de la vida». Y segundo, no metas a Isaac en esto; la que te habló fui yo, ¡no él!

—Son hermanos para tratar de convencerme, pues son hermanos para pagar las consecuencias, aunque fueras tú y David los que me hayan hablado, que de hecho ese David ya te lavó el cerebro con porquerías.

—¿Por qué sigues metiendo gente? Acepta tus errores sin involucrar a otras personas.

Con cada palabra que decía, mi corazón se tornaba en mil pedazos y mis lágrimas parecían cascadas.

—¿Qué es ese olor? —preguntó y es verdad, olía extraño.

—Huele como a quemado —contesté.

—¡La comida! —gritamos al unísono.

Fuimos a verla y efectivamente estaba quemada.

—¡Mira lo que hiciste, niña estúpida! ¡Vete a tu cuarto y no te quiero ver hasta mañana! ¡Y acuérdate de que no volverás a ir a la iglesia! —me gritó.

—Si papá estuviera aquí, estaría muy decepcionado de ti —le recriminé y salí corriendo a mi habitación.

Ya allí, cerré la puerta de un golpe y me deslicé en ella. Seguí llorando entre mis piernas hasta que levanté mi vista y divisé la ventana. Me limpié las lágrimas y me levanté. Sé que es una locura, pero mi hermano no estaba en casa y necesitaba de alguien, así que iba a cruzar de ventana a ventana. Sólo espero no caerme.

Por si acaso, Señor, perdona mis ofensas. *¿En serio?* Ay, conciencia, tú no sabes el futuro. *No, no lo sé, pero sí sé que a veces exageras.* Tú no sabes si me caigo y me muero. *Bueno ya, vete donde David.* Tienes razón. *Sabes que la conciencia es la razón también.* Mejor cállate.

Después de mi conversación con mi conciencia me decidí y salí por la ventana. Todo iba bien hasta que vi algo que me sorprendió.

—¿Anna?

—¿David?

—En vivo y a todo color —respondió con una sonrisa.

—¿Qué haces aquí? —pregunté.

—Lo mismo digo.

—Iba hacia tu ventana —contestamos al mismo tiempo.

—¿A cuál vamos entonces? —preguntamos a la vez, otra vez.

—Creo que es mejor quedarnos aquí —respondí.

—Estoy de acuerdo —asintió David.

Nos sentamos los dos en una rama gruesa que quedaba en la parte de atrás del árbol.

—David, tengo una pregunta.

—Dime…

—¿Cómo supiste de mi ventana?

—Pues, la curiosidad de saber qué estabas viendo desde mi ventana.

—Ahh…

—¿Cómo te fue con tu mamá después de que yo me fui?

Ahí dio en el blanco y no resistí; empecé a llorar de nuevo, a ese punto, pronto ya no tendría más lágrimas. David me abrazó y yo apoyé mi cabeza en su pecho. Le dije todo lo que había pasado y él levantó mi mentón, me miró con esos inigualables ojos casi negros y rasgados que me hacían temblar. Estaba muy nerviosa porque él no hacía nada; solo observaba mis ojos como tratando de profundizar en ellos. Después de eso todo pasó muy rápido, muy rápido, a la velocidad de la luz, lo único que sé es que, de la nada, estaba besando a David. ¡ESTABA BESANDO A DAVID!

—Anna, yo… —intentó excusarse David, pero algo lo interrumpió…

—Anna, puedo pasar —la voz de mi madre se escuchó desde mi cuarto.

—Deberías ir —instó David.

—Tienes razón —contesté.

—Ven, déjame ayudarte a que no te vayas a caer. —Gentilmente me tendió la mano.

Acepté, dándole las gracias.

—Anna, yo… —Una vez más trató de decir algo, pero esta vez fui yo la que lo interrumpió con un beso.

—Esto no me lo esperaba… —susurró con su frente sobre la mía.

—Ni yo el tuyo —respondí.

—Anna, por favor, ¿puedo pasar? —oí la voz de mi madre nuevamente.

—Mejor me voy —dije excusándome.

—Nos vemos luego y, por favor, no le digas a tu hermano que iba a tu ventana.

—No te aseguro nada.

—No creo que quieras ver su cara si se entera de que iba a cruzar otra vez.

—¿Otra vez? —Aquí hay gato encerrado.

—Tu mamá te está llamando —insistió.

—Sabes que tarde o temprano me lo tendrás que decir.

—Mejor tarde —respondió nervioso.

—Vale, nos vemos luego.

—Hasta mañana…

Regresé a mi cuarto y abrí la puerta. Cuando lo hice, mi madre por poco se cae, ya que estaba sentada apoyándose en la puerta. Hubo algo que me llamó mucho la atención y fue que tenía todo el maquillaje corrido y lágrimas en sus mejillas. Ella se paró, me abrazó y empezó a pedirme miles de disculpas.

—Mamá, ¿estás bien? —pregunté, pues estaba muy confundida con su comportamiento.

—No, no estoy bien, necesito que me perdones. Tienes razón en todo lo que me has dicho. Tu padre estaría muy orgulloso de ti y de tu hermano. También tenías razón cuando dijiste que no he cumplido mi palabra. Por favor, perdóname.

—Pues claro que te perdono —respondí y volví a estallar en llanto.

—Oye, ¿y por qué no te has vestido? Acuérdate de que hoy danzas.

—¡¿En serio, mamá?! —pregunté con entusiasmo.

—Pues claro, ahora vístete o llegarás tarde.

—Gracias, mami, te quiero —dije y la abracé con todas mis fuerzas.

En el abrazo se nos unió Isaac; cuando nos separamos, él habló:

—Lo siento, no es que sea chismoso, pero las estaba oyendo desde la puerta y no pude evitar unirme a su abrazo. —Y así todos terminamos soltando una pequeña carcajada.

Al fin y al cabo, fuimos a la iglesia, mi mamá continuó llorando como nunca y se reconcilió con el Señor. Cuando llegué a casa, me encontré con mi hermano; me contó que ganaron el juego y que van a la semifinal. Por otro lado, hay algo que no me deja la cabeza en paz y ese algo es más bien alguien:

David.

No puedo creer cómo pasó de hacer un proyecto de ciencias a be... ¡EL PROYECTO DE CIENCIAS! ¡NO LO TERMINAMOS Y ES PARA MAÑANA! ¿Y ahora qué hacía? David tiene casi todas las cosas, ya que primero íbamos a terminar de buscar información y después íbamos a montar. Creo que iba a tener que cruzar de ventana a ventana, pero ¿cómo lo voy a ver después de lo que pasó? Yo estoy segura de que seguiré como tonta enamorada viéndolo, ¿pero y él? ¿Cómo reaccionaría? ¡Ay, santo! Todo sea por la escuela.

Escuela, sí, claro. Shhh, cállate conciencia, que ahora estoy en un momento muy difícil. *Solo cruza y ya.* Pues cruzaré.

CAPÍTULO 9

2 Corintios 12:9

Canción: «Gracia sobre gracia», *Jaime Barceló*

David

Me fui a mi cuarto después de besar a Anna. ¡Besar a Anna! Eso fue como el paraíso, no puedo creer que lo haya hecho. Confieso que hacía tiempo que quería hacerlo, pero no me atrevía. Verla ahí tan vulnerable, tan frágil, sentí la necesidad de protegerla y demostrarle mi amor. No podía resistir más; necesitaba que ella supiera lo que sentía, que ella no estaba sola, que siempre estaría para ella. Ahí fue que la besé y lo más que me sorprendió es que después ella me lo devolvió. Definitivamente, hoy había sido uno de los mejores días de mi vida.

Debido a la hora tan tarde, me acosté en mi cama y terminé de escribir en mi diario; sí, dije diario, tengo uno. Luego de descargar todo lo que necesitaba, guardé el diario porque mañana había clases.

«Toc, toc», se escuchó.

—Estoy dormido, ma' —dije.

«Toc, toc», se volvió a escuchar.

—Pasa —respondí un tanto molesto.

«Toc, toc», otra vez.

—Agh, es que en esta casa no se puede dormir.

Me levanté de mi muy cómoda cama y con mucha vagancia abrí la puerta.

—¿Qué quieres? —pregunté sin abrir los ojos todavía.

«Toc, toc» —se escuchó por vez número mil.

—¡¿Qué quieres?! —pregunté prendío y abrí los ojos.

Cuando lo hice me asusté, ya que no había nadie y ahora que lo pensaba era que estaba completamente loco. Aunque podría jurar que escuché los golpes. Y me van a decir que perdí la cabeza, pero oía murmullos.

—Da... en... la... ventana... breme.

—Da... en, la, ventana, breme —repetí analizando esas palabras.

Tratando de entender, me volteé y entonces todo cayó en su lugar. Anna era la que estaba en la ventana y las palabras ya las completé. Lo que ella quería decir era: «David en la ventana, ábreme». Ya sabía yo que no estaba loco, aunque, bueno, tal vez un poco, pero no tanto. Fui y le abrí la ventana, también la ayudé a entrar y entonces ella habló.

—Siento haberte levantado, pero ¿no crees que se nos olvidó algo?

—¿Algo? —No sabía a qué se refería.

—Sí, algo como de la escuela.

—¿De la escuela?

—Sí, de la escuela, tal vez te suene la palabra «ciencia».

—¡¿El proyecto?! —pregunté alarmado.

—Sí, el proyecto —contestó de forma sarcástica.

—Pues hay que terminarlo —concluí.

—Yo pensaba que lo íbamos a dejar así —volvió a usar un tono sarcástico.

—Mira, por qué no dejas el sarcasmo y nos ponemos a trabajar.

—Vale, vamos a empezar.

Después de todo, logramos terminar ese proyecto y Anna se fue a su casa. Yo volví a dormir. Claro, antes repetía el versículo, pues no quería que se me olvidara.

Anna

Ya en mi cuarto estaba mucho más tranquila, porque al fin terminamos ese proyecto, pero también estaba un poco triste y feliz. Mi tristeza se debía a que David no había dicho nada acerca de aquellos besos y no sabía qué pensar. La felicidad era que, aunque no sabía qué pensar acerca de David, nada cambió entre nosotros; por lo menos en mí sí, pero en él no lo creo. Tenía miedo de que nuestra amistad fuera a ser diferente y que él ya no me fuera a hablar más. David es el único que lo hacía en la escuela; lo crean o no, cuando entraba a esta, cambio; me vuelvo distante, tímida y prefiero no tener amigos. Ya pasé por la experiencia de tener supuestos «amigos» y que todos me apuñalaran por la espalda. No me gustaba estar con gente falsa, por eso me pasaba con mi lindo vecino.

Al día siguiente, después de clases… Llegué a casa muy cansada, ya que la noche anterior casi ni dormí. La maestra de Ciencia corrigió los proyectos el mismo día y nos calificó con un 88%. Me sentía muy orgullosa de ese número, pues habíamos hecho el proyecto esa madrugada.

—Anna, ¿qué te pasa? —dijo Isaac; no noté que había entrado a mi habitación.

—Nada, solo estoy cansada y, ¿sabes qué? No me di cuenta cuando entraste.

—Lo que pasa es que lo hice justo ahora.

—Ahh, ¿y qué pasó o qué quieres?

—¿Tengo que querer algo para ver a mi hermosa y querida hermana?

—Sí —contesté con toda la honestidad del mundo; todo el mundo que tiene hermanos puede entender el lenguaje entre líneas.

—Bueno ya, lo que quería era decirte que voy a estar los fines de semana con Santiago.

—¿Y eso? —pregunté curiosa.

—Pues así él me puede llevar a la iglesia y lo voy a acompañar a un sitio que no me ha dicho todavía, pero dice que ahí está alguien muy especial para él —respondió.

—¿Y para eso te vas a ir todos los fines de semana?

—No todos, pero unos cuantos.

—Al menos estás con gente buena y no con… —no me dejo terminar…

—Anna, ya eso es pasado y Santiago es alguien bueno, no es como mis otros «amigos». También sabes que te he pedido más de mil veces perdón.

—Sí, lo sé.

—Gracias por no decirle nada a mami.

—Quiero que sepas que si no le dije nada era por su estado, no por ti.

—Tú siempre dañando todo.

—Pues qué querías, si no te delaté era porque se había muerto nuestro padre. Ella estaba tan destruida como para que yo le dijera que su hijo empezó a tomar drogas y que sus «amigos» eran los que se las daban. Además, que un «amigo» de esos me llegó a pegar para que permaneciera en silencio. Gracias a Dios y después de que me viste así, te separaste de ellos. Aunque tú, por defenderme, terminaste con algunos golpes también.

—Anna, ¿sabes?

—¿Qué?

—A mamá de verdad le afectó mucho lo de papá…

—¿Por qué lo dices?

—Estuvimos los dos con moretones y ella se creyó el cuento que le dijimos.

—Ja, ja, en verdad tienes razón, porque lo que le dijimos fue que tú me cargabas a caballito y que sin querer nos caímos por las escaleras.

—Eso es bien típico; por lo menos en nuestra casa anterior tenía escaleras como esta.

—Isaac, te quiero mucho…

—Y yo más, y te vuelvo a pedir perdón.

—Ay ya, que lloro.

—¿Abrazo? —preguntó.

—Ven acá —le contesté.

Ahí nos hundimos en un gran abrazo.

—Anna... ¡Ay, qué lindos! No se muevan hasta que les tome una foto —dijo mi madre desde la puerta.

—¡Mamá! —dije al unísono con Isaac.

9]

CAPÍTULO 10

Salmos 37:4

Canción: «Le conté a Dios sobre ti», *Josías Onoto*

Anna

Les cuento que ¡ESTE AÑO COMIENZO ESCUELA SUPERIOR! No puedo creer que el tiempo se haya ido tan rápido; ya ha pasado, literalmente, un año entero. Ahora los pongo al día:

1. A Santiago le dieron una beca para estudiar en Estados Unidos. Estamos tratando de que se decida y se vaya, pero por alguna razón no se quiere ir.
2. David se encontraba más bello que nunca y ahora sí que estaba enamorada de él, pero no sé si él sentía lo mismo. Éramos mejores amigos y así creo que estábamos bien. Aunque no lo podía negar… quería algo más.
3. Ya cumplí los catorce y estoy en noveno, como dije al prin-

cipio, eso significaba que comenzaba la escuela superior.
4. Isaac y yo estábamos normales; lo único es que creo que le gusta una nena del equipo de voleibol, pero aún no estaba segura.

—Anna, hoy te vas con David —dijo mi hermano luego de cerrar la puerta de su carro. Se me olvidó contarles, ¡mi hermano tiene carro!

—¿Por?

No entiendo por qué debía irme con David si él, como dije, ya tenía carro.

—Tengo que arreglar unos asuntos.

—Y se puede saber, ¿qué tipos de asuntos?

—Porque en vez de preguntar tanto, no te alegras de que te vas a ir con tu noviecito.

—David no es mi novio.

—Por ahora —dijo entre dientes, pero lo logré escuchar.

—¿Cómo que «por ahora»?

—Anna, tan estúpida no puedes ser, TODO el mundo sabe que él babea por ti.

Si supieras que es al revés, pensé.

—También TODO el mundo lo sabe —comentó con ironía, por lo que me di cuenta de que pensé en voz alta.

—Mira, Anna... —no pudo terminar, mi teléfono sonó en ese instante...

—*Hey, ¿qué pasó?* —contesté.

—¡¿Viste el periódico escolar?! —gritó David al otro lado del teléfono.

—¡No! —le grité tal como él había hecho.

—¿Quién es? —me preguntó Isaac.

—David —susurré.

—¡Hola, Isaac! —gritó desde el teléfono exageradamente.

—¡Hola, cuñi! —gritó de igual forma.

—¡Dios santo, me van a dejar sorda! —grité de la misma manera; todos lo hacían así.

—Mira, David, mejor hablamos en la escuela. Adiós. —Terminé la llamada.

—Ya debe estar impreso —comentó Isaac.

—¿De qué hablas? —le pregunté.

—Nada, este... ya llegamos.

Me bajé del auto y me despedí de mi hermano para entrar a la escuela.

—¡Acuérdate que te vas con David! —me grita.

—¡Sí! —le contesté de igual forma.

Saben, creo que hoy es el día de gritar, ya que es lo que hemos hecho a toda hora. Pero ahora había algo que llamaba más mi atención: todos me estaban mirando más de lo normal, susurraban cosas mientras tenían algo en la mano. Llegó un momento en que me cansé de todas estas cosas, así que fui en busca de David. Cuando al fin lo encontré, él también tiene un papel en su mano y, antes de decir palabra alguna, me lo entregó. Al mirar el papel me di cuenta de que era el periódico escolar y el título decía «Amor secreto» y debajo del título había una foto de David y yo sentados en el árbol de casa. A decir verdad, la foto había quedado de maravilla, pero ese no era el punto; ahora lo que importaba era saber qué rayos era esto. Busqué la página del artículo y ahí empecé a leer...

«¿Quién lo diría? Anna y David de NOVIOS. Lo tenían bien escondido, aunque ya era obvio que algo se traían. Esto va a dar de qué hablar porque una nueva pareja siempre da de qué hablar, pero ésta en especial es única: la loca, nerd, antisocial y cristiana de Anna y el artista, deportista, social, nerd y cristiano de David, al fin juntos. ¿Saben? Ahora que lo pienso, sí tienen cosas en común, lo que nos da otra confirmación de que son novios. Perdón, perdón y mil perdones. Les adelanté la noticia porque...»

—¡¿Y el final de la oración?! —exclamé.

¿Cómo se les ocurriría dejarme con la duda? ¿Por qué decía que nos adelantó la noticia? Después de quejarme, levanté mi mirada y me encontré con muchas personas creando un círculo alrededor mío y todas estas tenían la mirada fija en mí o, mejor dicho, algo detrás de mí.

—Anna —escuché la voz de David detrás de mí y, por instinto, me volteé y me sorprendí al verlo con un lirio cala en su mano.

—¿Qué se supone que sea... —iba a tratar de preguntar «¿qué se suponía que sea esto?». Pero fui interrumpida por David.

—Anna, ¿quieres ser mi novia?

Al escuchar esas palabras, miles de emociones vinieron hacia mí, pero ya había imaginado esto varias veces y siempre era eso, mi imaginación. Ahora no sabía si era cierto o si era verdad, pero tenía que ser cierto porque si no, lo del artículo del periódico escolar no existiría.

—Anna... —escuché la voz de David suplicando—: Mira,

si no quieres aceptar, está bien, pero por lo menos dímelo, Ana, por favor, di algo…

—No, no, y no —al decir estas palabras todos empezaron a murmurar—. Nunca, jamás, en toda mi existencia.

—Anna… ¡Ya! —exclamó David con la voz quebrada.

—¿Cómo se te ocurre? Ni, aunque estuviera loca —continué un poco exagerada.

—Anna, ¡detente! Si no quieres ser mi novia, está bien, pero ya basta.

—Más estúpido no puedes ser, no, no y no, jamás en la vida. ¿Cómo se te ocurre? Ni aunque estuviera loca rechazaría esta oferta… ¡Claro que quiero ser tu novia, anormal! —no pude decir nada más ya que David me había abrazado y empezado a dar vueltas conmigo; por lo tanto, mis pies ya no tocaban el suelo. Luego de parar, David y yo quedamos frente a frente.

—¡Beso, beso, beso! —gritaban a nuestro alrededor.

—¿Por qué no complacerlos? —dijo David.

—Cla… —David me había callado con un beso. Luego de eso me enteré de que Isaac había sido el que había escrito el artículo para subir su nota en español y David le había dado la idea de qué hacer. También, me contaron que al principio Isaac se negó y David le dijo que, si no lo hacía, llamaría a Aria. Al escuchar eso, Isaac aceptó y luego le dijo todas las cosas que le haría si me llegase a romper el corazón. Ese día terminó con una fiesta al llegar a casa, ya que mi madre ya sabía de todo esto, pero lo que más me gustó fue que David me regaló pinturas acrílicas y acuarelas y juntos empezamos a crear un cuadro en el cual se encontraba nuestro versículo en el centro. ¡Amé ese día!

CAPÍTULO 11

Salmos 46:1

Canción: «No te digo adiós», *Israel Mercado*

Isaac

Cinco meses han pasado, lo sé, el tiempo no perdonaba, y con ellos, muchos cambios. Sin embargo, lo que ocurrió hoy marcó un antes y un después...

—Ma', ya me voy, regreso más tarde —solté las palabras y rápidamente traté de salir de casa lo más veloz posible, pero una mano halando de mi camisa me impidió salir.

—Espérate ahí, señorito, primero me dices ¿a dónde vas? —preguntó mi madre.

—A casa de un amigo.

—¿Para qué? —ya empezó otro interrogatorio...

—Para hacer un proyecto.

—¿De qué?

—De ciencia.

—¿Para cuándo?

—Para mañana —respondí con el menor ánimo posible.

Ya me tenía harto con estos interrogatorios. Estoy en duodécimo grado y tengo dieciocho años; es hora de que me dé libertad.

—Mañana es sábado —argumentó ella.

—Para el lunes, entonces.

—El lunes es feriado, así que avanza y dime, ¿a dónde vas?

—Voy con un amigo a su casa.

—Ningún amigo ni qué ocho cuartos; dime, ¿a dónde vas?

—Me voy a donde me dé la gana.

—¡A mí usted no me habla así!

Luego de eso recibí una cachetada y, como a mí de verdad ya no me importa nada, me fui hacia mi carro y mi madre se atravesó delante del auto para tratar de detenerme sin éxito…

¿Saben? Como acabo de decir, ya no me importa nada. Me cansé de ser el niño bueno del que todos se burlan.

En los últimos meses, me reuní con mis viejos amigos, quienes me presentaron a otros más, y ahora trabajaba para ellos. La iglesia me vale, el equipo de la iglesia me vale aún más, así que lo dejé. Con Santiago ni hablo. Con mi hermana estoy super mal, pues ella encontró droga en mi cuarto mientras yo me bañaba. Luego me empezó a reclamar y de verdad que ya no la soportaba. Así que, en el momento en el que se iba a ir de la habitación para delatarme con mi madre, la agarré del brazo y la halé de tal manera que ella cayó al suelo. Ya en el suelo le advertí que, si le decía algo a mami, llamaría a mis amigos y esta vez no me importaría si la golpeaban o lo que hicieran con ella. Anna se sorprendió y me dijo millones de cosas que me negué a escuchar.

Fue en ese momento en el que de verdad me harté de ella, así que para que se callara de una vez le di una patada en la espalda y le dije que ahora no serían mis amigos los que vendrían a golpearla si hablaba, sería yo mismo el que le hiciera daño y no tan solo a ella, sino que a David también. Por último, la dejé llorando en mi habitación y le advertí que antes de las 5 p.m. tenía que irse a su habitación y dejar de llorar porque mami llegaría, además de que, si ma' le preguntaba algo, ella le tendría que decir que se lastimó en sus ensayos de danza y por eso le dolía el cuerpo.

—¡Nooo! —el grito desgarrador de mi hermana me sacó de mis pensamientos. Al fijarme, vi el cuerpo de mi madre lleno de sangre, tirado en la calle y a Anna corriendo hacia ella con miles de lágrimas en sus ojos.

Ya no había tiempo, no había ningún hechizo para devolverlo. Para terminar con lo que empecé, y antes que Anna llegara, le pasé por encima al cuerpo de mi madre, el mismo que había impactado segundos antes.

¡Ahora sí que no cabía duda, de que mi madre estaba muerta!

—¡Mamá! —ese fue el último grito que escuché, ya que presioné el acelerador hasta el fondo y me alejé de ese lugar lo más que pude.

Valentina

Había llegado el día, sí, el día en el que le diría a Santiago que ya fui adoptada. Hace ya seis meses lo sabía, pero no le quería contar nada hasta que no fuera seguro. Hoy por la tarde ya me mudaba con mi nueva familia. Estaba tan feliz.

—Valentina, Santiago está afuera —informó una de las trabajadoras del orfanato.

—Voy —le contesté.

Al salir me dijeron que tenía que regresar antes de las 5 p.m. porque hoy era el día.

—¡Valentina! —exclamó Santiago mientras caminábamos hacia un parque cerca del orfanato.

—Dime —contesté.

—¿A qué se refería la muchacha del orfanato al decir que «hoy era el día»?

—Es que hay algo que no te he dicho aún —confesé.

—¿Qué es?

—Me adoptaron —susurré y empecé a mecerme en uno de los columpios del parque.

—¿Qué dijiste?

—Que me adoptaron —le contesté un poco más alto.

—Alza la voz —me contestó.

—¡Que a mis diecisiete años me adoptaron! —le grité.

—¡No era que me gritaras! Espera, ¿qué?

—Hoy vienen por mí.

—Pero... ¿cuándo y cómo?

—No te lo dije antes porque no era nada seguro y no me quería, ni te quería ilusionar si no... —Santiago me interrumpió.

—¡Eso es genial!

—¿Qué?

—¿No es lo que siempre has querido?

—Sí.

—Ah, pues, ¿por qué esa cara? ¡Sonríe! Además, hay algo que todavía yo no te he dicho.

—¿Qué pasa?

—Me voy.

—No entiendo —respondí sincera.

—Me voy de Puerto Rico, me dieron una beca en los Estados Unidos y es algo que no puedo rechazar.

—Pues claro que no la puedes rechazar —confirmé.

—Valentina, creo que hay que despedirnos.

—¿Por qué?

—Son las 4:36 p.m. a ti te adoptan hoy, y yo me voy del país.

—¿Estás diciendo adiós?

—Solo un «hasta luego», porque prometo que volveré por ti.

—¿En serio? —pregunté tímidamente.

—En serio, ahora dame un beso porque te tengo que llevar de vuelta.

¡Ese sentimiento fue único! Nunca lo olvidaría…

CAPÍTULO 12

Filipenses 1:6

Canción: «Babel», *Un Corazón*

Narrador omnisciente

Han pasado diez años desde el último suceso. Seguramente te preguntarás: ¿qué ocurrió en todo este tiempo? Hoy te contaré qué ha sido de los cinco personajes cuyas vidas has seguido a lo largo de esta historia, así que empezamos con... Santiago:

Antes de partir a Estados Unidos, le dejó una carta a Valentina expresándole cuánto la amaba. Además, incluyó un versículo que Isaac le había compartido alguna vez, terminando con un «Siempre conserva este versículo en tu corazón». Isaac le había dicho a Santiago, en una de sus prácticas, que compartiera esa palabra con alguien especial, ya que consideraba que ese versículo tenía un gran significado. En ese momento, Isaac también le contó a Santiago la historia de su padre.

Santiago, reconociendo la importancia de este versículo, lo escribió en su carta para Valentina. Luego, se fue a Estados Unidos y utilizó su beca para convertirse en maestro de educación física. Terminó su carrera universitaria y ahora ejerce la profesión en una escuela superior.

En cuanto a su relación con Dios, la olvidó por completo durante la universidad, pues tuvo muchas amistades que no eran de buena influencia y le decían que no podía ir a la iglesia porque tenía trabajos que entregar, entre otras excusas baratas. Poco a poco, Santiago se fue alejando de Dios hasta desaparecerlo de su vida.

Ahora es verano y él se encuentra en Puerto Rico para visitar a su familia, quienes todavía le sirven al Señor. Hoy, Santiago está en la iglesia donde era el capitán del equipo de baloncesto, la misma en la que se crio; a la que iba con Valentina, tuvo sus mejores amistades y entregó su vida al Señor.

Es el turno de Valentina:

Antes de irse con su nueva familia, Valentina recibió la carta de Santiago con el versículo que se volvió su favorito. Cada vez que extrañaba a Santiago, leía la carta y repetía en su mente las palabras: «Siempre conserva este versículo en tu corazón», tal como él lo había escrito.

Después de terminar la escuela superior, ella comenzó su bachillerato en educación y se convirtió en maestra de la escuela donde justamente había conocido a Santiago. Sin embargo, se cambió a otra escuela porque los recuerdos de él no la dejaban tranquila.

Y aunque su nueva familia le amaba con todo el corazón,

estos se mudaron fuera del país debido a un suceso traumático que les impidió seguir en la Isla. Por su parte, Valentina decidió quedarse porque ya tenía un trabajo fijo y amaba a sus estudiantes.

Su vida con Dios se volvió complicada; debido a la situación que atravesó su familia adoptiva. Ellos se alejaron de la iglesia, y con el tiempo, Valentina también, hasta que su fe quedó en el olvido. Hoy, una amiga la invitó a salir con la condición de que, si ella la ayudaba a pintar su salón, Valentina debería acompañarla a un lugar importante. Lo que nunca imaginó es que ese lugar sería la iglesia.

No podemos olvidar a David:

Él vio todo lo que pasó con Anna desde la ventana de su casa. A lo que reaccionó bajando rápidamente las escaleras para alcanzarla y abrazarla. En ese abrazo, le dijo el versículo, terminando con «Siempre conserva este versículo en tu corazón». También le expresó cuánto la amaba y le recordó que debía ser fuerte. Mientras tanto, la mamá de David llamó a la policía, y ellos se llevaron a Anna.

Él tuvo que acudir a terapia psicológica para afrontar el trauma de lo que vio y vivió. Para colmo, no sabía a dónde se habían llevado a Anna. Pasó por depresiones severas y se volvió adicto al alcohol. Su mamá lo llevó a diferentes grupos de Alcohólicos Anónimos y, aunque al principio se negaba a ir, al enterarse de que su mamá tenía cáncer, no dudó en asistir, ya que ser alcohólico le hacía sufrir más a su madre y eso no lo soportaba. La mamá de David murió, pero antes le pidió que volviera a la iglesia. Hoy, David recordó las palabras de su madre y decidió ir a esta.

Otra persona muy importante es Anna:

Después de la muerte de su madre y la desaparición de su hermano, tuvo que asistir a terapias psicológicas debido a sus graves lesiones emocionales. Intentó suicidarse varias veces, por lo que estuvo un tiempo internada en un hospital psiquiátrico. Su custodia quedó a cargo de una tía, quien era su única familia.

El día que Anna llegó a casa de su tía, conoció a su nueva prima, Valentina, quien había sido adoptada porque su tía era estéril. Valentina y Anna se llevaban muy bien, aunque a veces Anna se enojaba con ella porque le quitaba todas las pastillas, cuchillas y tijeras que encontraba a su alcance. Valentina fue quien la encontró en el suelo con sobredosis y marcas en sus muñecas, y quien le contaba todo a su madre sobre las crisis de Anna.

Cuando su tía notó que nada podía detenerla, decidió mudarse fuera de la Isla con la esperanza de que en un nuevo país Anna pudiese mejorar. Valentina decidió quedarse en Puerto Rico porque tenía un trabajo estable que amaba. Al crecer, Anna se mudó a la residencia de la universidad donde estudia Administración de Empresas.

Ahora que es verano, Anna decidió regresar a Puerto Rico para pasar sus vacaciones. Nadie sabe nada de ella porque perdió, intencionalmente, el contacto con la familia que le quedaba hace dos años. El primer lugar al que Anna decidió ir fue a la iglesia, donde tuvo muchos bellos recuerdos y que había abandonado desde la muerte de su madre. Hoy, ella se encuentra en ese preciado lugar.

Y ahora el que más esperaban, el gran... Isaac:

Isaac, Isaac, Isaac... un nombre que, sin duda, muchos detestan. Hoy les cuento su verdadera historia. Él nunca dejó a sus «amigos» por completo; lo intentó y se alejó lo más que pudo, pero siempre estuvo atado a ellos. Cuando Isaac quiso salirse del grupo, le exigieron una suma muy alta de dinero por toda la «mercancía» que le habían proporcionado. Él se negó, y en ese momento, uno de ellos golpeó a Anna. Isaac se percató de que iban en serio, así que fue a enfrentarlos. Le dieron tres opciones: pagar el dinero, trabajar para ellos o entregar a Anna o a su madre como pago de la deuda. Isaac pidió una semana para pensarlo.

Precisamente, en esa semana, murió el padre de Isaac, se mudaron y comenzó en una nueva escuela. Él pensó que sus «amigos» lo habían olvidado y estaba contento por eso, pero cuando Anna repartió su número de teléfono, como broma, ellos lo obtuvieron y lo encontraron nuevamente. Esta vez, Isaac eligió trabajar para ellos, y así fue como Anna encontró droga en su cuarto. Isaac quedó entre la espada y la pared, temiendo que ellos se enteraran de que Anna sabía, porque si lo hacían, le harían daño.

Los «amigos» de Isaac comoquiera se enteraron de que Anna sabía, así que iban por ella. Si Anna rompía el silencio, les traería problemas con el jefe. Isaac supo que irían a su casa por la tarde, por lo que decidió hablar con ellos más temprano. Si llegaban a su casa, matarían a su hermana y a su madre. Mientras intentaba salir para hablar con ellos, su madre le hizo preguntas y, en ese instante, se le ocurrió un plan. Si mataba a su madre, la policía intervendría y la custodia de Anna pasaría a su tía. Le dolía en el alma lo que iba a hacer, pero era la única forma de salvarlas a ambas. Sin pensarlo dos veces, atropelló a su madre con el auto y luego le pasó por encima para asegurarse de que estuviera muerta.

Después de esto, fue con sus «amigos» y les contó lo que había hecho, asegurándoles que Anna no diría nada. Se quedó a vivir y trabajar con ellos para pagar su deuda, la que aumentaba cada vez que lo cubrían de la policía y le brindaban alojamiento. Con el tiempo, Isaac se enteró de que su tía había adoptado a una tal Valentina. Esto le pareció la oportunidad perfecta para mantenerse informado sobre la vida de Anna, ya que Valentina sería su hermanastra.

Al principio, fue difícil conseguir que le diera información, pero después de contarle parte de su historia, ella aceptó. Algo que le contó Valentina y que le dio mucha felicidad y tristeza a la vez fue que Anna se iría de Puerto Rico para superar el trauma que él mismo causó. Tras la partida de Anna, Isaac perdió el contacto con Valentina. Hoy, ha decidido entregarse a la policía y confesar sus crímenes, pero antes, siente la necesidad de visitar un lugar que nunca imaginó extrañar tanto: la iglesia. No había estado allí en más de diez años. Ahora, está sentado en una de sus sillas.

EPÍLOGO

Canción: «Necesito un encuentro», *New Wine*

Narrador omnisciente

«Libro… Capítulo… Versículo…». Así dijo un pastor mientras cinco personas, dispersas en la iglesia, completaban el versículo con la frase: «Siempre conserva este versículo en tu corazón». Al pronunciar estas palabras, no pudieron soportar más la presión y salieron del lugar con lágrimas. Afuera, ninguno podía creer lo que estaba viendo...

Sin dudarlo, corrieron a fundirse en un abrazo grupal, inundado de emociones mezcladas. Volver a ver a tu mejor amigo, al amor de tu vida, a tu familia... un reencuentro para la historia, sin duda alguna. Permaneciendo en ese abrazo, Anna comenzó a hablar: «Libro...». Los demás la siguieron, y todos ter-

EPÍLOGO

minaron diciendo al unísono: «Siempre conserva este versículo en tu corazón».

Ahora me dirijo a ti, amigo que estás sobre estas líneas, y que seguramente te preguntarás: «¿Cuál es ese tan famoso versículo que nunca fue mostrado?». Estoy aquí para decirte que descubrirlo es una misión que, con responsabilidad, te encomiendo. Quizás te cuestiones: «¿Cómo? ¿Por qué a mí?». La respuesta es sencilla: es tu vida y tú decides qué la puede cambiar.

Si te entrego un versículo, es probable que su mensaje haya cambiado mi vida, pero no significa que cambiará la tuya. Tómate un tiempo, habla con el Trino Dios y estudia la Biblia. Reflexiona sobre todo lo que ha sucedido en tu existencia y lo que necesitas para cambiarla. Te aseguro que cuando encuentres tu versículo, esa palabra se convertirá en tu motivación; cada vez que lo escuches, digas o leas, recordarás cómo el Señor te brindó un nuevo rumbo en Su perfecta voluntad. Ese versículo será el recordatorio de tu pacto con Yahweh. Además, así podrás terminar este libro. Nadie mejor que tú para darle un sentido único y relevante a tu caminar.

Te invito a que vuelvas a leer este libro, pero cada vez que se menciona el «versículo», pon el tuyo en su lugar; verás cómo le das un giro a esta historia... **Será tu historia.**

GLOSARIO DE JERGAS

- ❖ **Ay Luli.**
    - ➢ Es una expresión que usualmente denota sorpresa, incredulidad o frustración. Equivale a las frases: *¡Dios mío!*, *¡No puede ser!* o *¡Qué barbaridad!* También, se utiliza para dar énfasis a las cosas o antes de contar un relato.
- ❖ **Bochorno.**
    - ➢ Algo incómodo o vergonzoso.
- ❖ **Botaba la bola.**
    - ➢ Salirse de los estándares.
- ❖ **Cantaleta.**
    - ➢ Repetir las cosas una y otra vez hasta causar molestia.
- ❖ **Con to' y tenis.**
    - ➢ Se refiere a hacer algo con todo, sin vuelta atrás o pensar en actos consecuentes.

- ❖ **Estar frito/a.**
  - ➢ Encontrarse en problemas o dificultades.
- ❖ **La tripita suena.**
  - ➢ Otra forma de indicar que se tiene hambre.
- ❖ **Ma'.**
  - ➢ Abreviatura de mamá.
- ❖ **Mala pata.**
  - ➢ Tener mala racha.
- ❖ **Papelón o papelones.**
  - ➢ Mayormente implica una situación vergonzosa o bochornosa, algo similar a *trágame tierra*, pero también puede significar escándalo, espectáculo, lo que le decimos *hacer un show*, igualmente que puede equivaler a un problema, dificultad o inconveniente.
- ❖ **Pavera.**
  - ➢ Muchas risas o carcajadas, que no se pueden detener.
- ❖ **Prendí.**
  - ➢ Molestarse, enojarse o activarse.
- ❖ **Rayos.**
  - ➢ Demuestra frustración o sorpresa.
- ❖ **«Sip» o «Nop».**
  - ➢ Variaciones juveniles del «sí» o «no».
- ❖ **Tira la toalla.**
  - ➢ Da a entender que alguien le cubre la espalda a otra persona para salvarlo de una situación.

❖ **Tres pepinos.**
   ➢ Se utiliza como sustituto de la palabra «nada».
❖ **Vacilar.**
   ➢ Divertirse, pasarla bien, etc.

AGRADECIMIENTOS

Sin duda no hay otro que pueda ocupar el primer lugar en esta lista que no sea Yahweh, cuyo aliento de vida impulsa cada uno de mis días. Sin Su guía y amor, nada de esto sería posible.

A mi familia, tanto física como de la fe, les debo todo. Como buena latina, nombrarlos a cada uno tomaría un libro completo, ¡ja, ja, ja! Pero, debo destacar a mis padres, Abbiliz Borrero y Carmelo O. Berríos, y a los segundos padres que Dios me regaló, Vivian Lynnette Borrero y Fred Alvin Hernández. Sin su apoyo incondicional, este sueño no se habría hecho realidad.

A mi hermana Abigail Ramos, gracias por introducirme al mundo de la literatura con tus cuentos nocturnos que me ayudaban a dormir. Claro, también agradezco a su pareja, «Pibertini Martini». Ambos me acompañaron en cada etapa del proceso y fueron testigos de todas las emociones que atravesé.

AGRADECIMIENTOS

No puedo olvidar a mi Iglesia Senderos de Fe (actualmente SDF House of Worship), bajo la dirección de la apóstol Kiara Pita. Ustedes formaron los pilares de mi fe y me han sostenido en cada paso del camino.

Por último, pero no menos importante, agradezco a ELAI Editorial por creer en este proyecto.

Los amo a todos y los bendigo en el nombre de Jesús.

ACERCA DEL AUTOR

Nacida en la Isla del Encanto, Puerto Rico, Shekinah Lynnette fue marcada para el Señor desde su nacimiento con su nombre. A lo largo de su vida, su familia la instruyó en los caminos del Padre Celestial, sembrando herramientas que luego pudo utilizar para enfrentar innumerables retos que formaron su carácter y le otorgaron victorias por la gracia de Dios.

Shekinah Lynnette utiliza las artes como forma de agradecimiento al Creador y para llevar el mensaje de amor del evangelio. Su talento la ha llevado a lugares como Norteamérica, Cuba, Guatemala, Grecia y Serbia.

Académicamente, cuenta con dos bachilleratos de la Universidad del Sagrado Corazón: uno en Comunicaciones Interdisciplinarias y otro en Danza Contemporánea, además de un grado menor en Teatro. Adicionalmente, cuenta con una maestría en Escritura

ACERCA DEL AUTOR

Creativa en la misma institución. Esta joven escritora ha sido reconocida y premiada por sus diferentes trabajos literarios en:

- «Rosas Penélopes», galardonado con el primer lugar en la categoría Microcuento del Segundo Certamen Literario (2024) de Educación General y el Laboratorio de Idiomas de la Universidad del Sagrado Corazón.
- «Mamá» y «Café», galardonados en el 83º Concurso Internacional de Poesía y Narrativa «LETRAS DISTINGUIDAS 2025», en el género: narrativa.

La meta de Shekinah Lynnette es llegar a quienes callan mientras su interior grita y testificarles que hay un Ser Todopoderoso que, así como hizo milagros en su vida, devolviéndole la sonrisa y llenándola de paz, puede hacer lo mismo con los que, a través de la gracia de Dios y de su arte, alcance.

✉ escritosshekinahlynnette@gmail.com
◉ @escritos_shekinahlynnette

Made in the USA
Columbia, SC
26 June 2025